비행기에서 10시간

비행기에서
10시간

초판 1쇄 인쇄 | 2021년 7월 16일
초판 1쇄 발행 | 2021년 7월 24일

지은이 | 박돈규
펴낸이 | 박영욱
펴낸곳 | (주)북오션

편 집 | 권기우
마케팅 | 최석진
디자인 | 서정희·민영선
SNS마케팅 | 박현빈·박가빈

주 소 | 서울시 마포구 월드컵로 14길 62
이메일 | bookocean@naver.com
네이버포스트 | post.naver.com/bookocean
페이스북 | facebook.com/bookocean.book
인스타그램 | instagram.com/bookocean777
전 화 | 편집문의: 02-325-9172   영업문의: 02-322-6709
팩 스 | 02-3143-3964

출판신고번호 | 제2007-000197호

ISBN 978-89-6799-598-0 (03810)

비행기에서 10시간

박돈규 지음

북오션

딩동! 대한항공이 보낸 메시지가 스마트폰에 도착했다. 'A380 특별기로 누리는 당일치기 전국일주! 무착륙 관광비행'이라고 적혀 있었다. 기이하고 부조리한 홍보 문구였다. 영화나 소설이나 음악이 황홀할 경우에는 '영영 끝나지 않았으면' 하는 바람을 가질 수 있다. 그런데 비행이 '무착륙'이라니, 영원히 허공을 떠돌고 싶어 하는 사람도 있다는 말인가?

이렇게 어깃장을 놓았지만 나도 안다. 무착륙이란 보딩패스에 적혀 있는 출발지와 도착지가 같다는 뜻이다. 일정표에는 인천~강릉~부산~대한해협~제주~인천으로 기록되어 있었다. '돌아오기 위해 떠난다'는 말도 있지만, 이륙한 지 2시간 30분 만에 원점으로 회귀하는 비행 상품이 불티나게 팔릴 줄이야. 이게 다 몹쓸 바이러스가 저지른 짓이다.

코로나 감염병이 창궐했고 우리는 항체도 백신도 없는 무방비 상태였다. 바이러스가 어느 날 갑자기 투항하거나 처지를 비관해 절벽에서 뛰어내릴 리는 없다. 하지만 사람은 습관의 동물이다. 국제선 하늘길이 막혀도 해외여행 욕망을 누를 수는 없다. 사람은 또 적응의 동물이다. 무착륙 관광비행은 불편한 코로나 시대를 건너다 고안한 발명품인 셈이다.

일의 기쁨과 슬픔처럼 상반된 두 감정이 밀려왔다. 모처럼 여권과 여행가방을 챙겨 공항으로 가는 사람들의 기쁨이. 초대형 여객기 A380을 이렇게 당일치기 전국일주에 사용할 수밖에 없는 항공사의 슬픔이.

우주선으로 화성 답사까지 하는 시대에 이웃나라조차 여행할 수 없게 되었으니 이런 아이러니가 없다. 마침내 코로나 백신이 등장했고 방역 신뢰도가 높은 국가 사이

에 접종자의 격리 조치를 면제해주는 '트래블 버블(Travel
Bubble)'도 추진되고 있다. 하지만 우리에게 익숙한 형태
의 해외여행은 언제 재개될지 여전히 불투명하다. 집단면
역을 달성한 뒤에 마스크 없이도 국제선을 마음껏 탈 수
있어야 회복이 가능할 것이다.

《비행기에서 10시간》은 이코노미석에서 장거리 비행
을 견뎌야 하는 승객의 괴로움을 덜어주고 싶어 쓴 책이
었다. 유럽이나 북미 등으로 가는 국제선은 기내식과 좌
석, 오락과 잠, 시차 적응을 비롯해 단거리 비행과는 사뭇
다른 준비와 각오를 요구한다. 비좁은 기내에서 우리를
괴롭히는 것들을 하나하나 살피면서 그 장애물을 우회하
는 기술도 있다는 점을 알려주고 싶었다.

그런데 이 책을 펴낸 지 몇 년 만에 장거리 비행은 고
통이 아니라 그리움의 대상이 되었다. 우리는 이 나라가

아닌 다른 나라, 낯설지만 그래서 흥미로운 곳, 영상이나 이야기로 동경만 하던 곳, 아무도 우리를 알아보지 못하고 익명으로 머물 수 있는 장소에 끌린다. 그런데 코로나로 해외여행이 하루아침에 우리 곁을 떠나버렸다. 그 결핍은 무착륙 관광비행으로는 보상받을 수 없다.

나는 《비행기에서 10시간》을 새로 쓰기로 했다. 먼저 감염병 시대에 바뀐 '뉴노멀(새로운 표준)'과 장거리 비행에 대한 갈망을 담아야 했다. 코로나 이후 '기내식 밀키트'가 편의점 진열대에 등장했고, 감염병을 다룬 영화는 기내영화 목록에서 퇴출될 운명에 놓였다. 장거리 비행의 경우 창가석보다 복도석을 선호하는 승객이 많지만, 바이러스로부디 디 인진한 자리는 창가식이다. 항공 화물에는 코로나 백신이라는 신품목이 등장했다. 이 책은 '코로나 이후 여행 준비의 기술'까지 정리한 증보판이다. 1~2년

뒤 떠나게 될 장거리 비행을 상상하면서 읽어도 좋다.

자유롭게 국제선을 타던 시절을 떠올려 보라. 당신은 여권과 보딩패스를 든 채 혼잡한 공항 검색대를 통과하고 출국 심사를 마친다. 탑승구가 닫히고 비행기는 활주로로 이동한다. 엔진이 윙윙거린다. 긴 여행 또는 출장이 비로소 시작된 것 같다. 3만5000피트(10.6킬로미터) 상공으로 올라가기도 전에 기분이 들뜬다.

하지만 이 알루미늄 합금에 갇혀 보낼 10시간은 눈앞이 캄캄하고 뒷골이 무겁다. 시간은 행선지에 따라 더 길어질 수도 있다. 더욱이 당신은 '소떼 클래스'(cattle class)에 앉아 있다. 그게 뭐냐고? 좁은 공간에 다닥다닥 붙어 있는 일반석을 그렇게 부른다. 안전벨트에 묶인 채 기내식을 두 번 먹을 테고, 자다 깨다를 몇 번 되풀이하고, 영화나 책을 보기도 하겠지만 일반석에서는 뭘 해도 악조건이다. 불편할수록 시간은 더디 간다.

당신도 알 것이다. 장거리 비행에서 1초도 더 참기 힘든 이 끔찍한 고문 도구의 이름을. '좌석(seat)' 말이다. 우리는 일반석에서 '0.24평의 감옥'에 갇힌 셈이다. 이륙한 지 두어 시간 만에 다리가 따끔거리기 시작하고, 옆 승객은 자꾸만 나한테 팔꿈치를 부딪쳐온다. 에라, 모르겠다. 술 마시고 잠을 청하려는데 이번엔 앞줄에 앉은 아이가 빽빽 울어댄다.

이쯤 되면 엉엉 울고 싶어진다. 장거리 비행은 그래서 고행에 가깝다. 기내에서 괴롭고 지루한 10시간을 슬기롭게 또는 흥미롭게 보낼 방법은 없을까. 출장이나 휴가로 유럽·북미 등을 왕복하면서 장거리 비행기를 100번쯤 탔다. 여러 가지 실험을 하며 시행착오도 겪었다. 분야별 전문 지식을 그러모으고 내 경험을 보태 글을 썼다. 말

9

하자면 이 책은 코로나 이후 장거리 비행의 서바이벌 키트(survival kit)다. 오직 일반석 승객의 입장에서 썼기 때문에 일등석이나 비즈니스석 승객에게는 별 쓸모가 없을 것이다.

'복도석이냐 창가석이냐', '기내식의 비밀', '술을 마실까 말까', '기내 베스트셀러', '꿀잠의 조건', '바이러스도 차단하는 공조 시스템', '백신여권', '기내 여행하기', '시차 증후군 뛰어넘기'를 비롯해 비행기 안에서 사투해야 하는 장거리 여행객에게 요긴한 정보 15가지를 가려 뽑았다. 장거리 비행은 어쩌면 좌석을 고르는 순간부터 시작된다. 또 시차 적응은 탑승하기 며칠 전부터 준비하는 게 좋다.

좌석 앞에 있는 10인치 LCD 스크린이 구원자가 될 수도 있다. 기내 상영 목록이 마음에 들지 않는다면 노트북이나 스마트패드에 당신의 취향을 담아가라. 객실 소음을 상당 부분 차단해주는 노이즈 캔슬링 헤드폰(noise-cancelling headphone)도 요긴할 것이다.

항공 여행에서 우리가 피할 수 없는 가장 대표적인 행동은 앉아 있기와 기다리기다. 공항과 기내에서 그렇게 흘려 보내는 '죽은 시간'이 아까울 수 있다. 그래서 평소 좀처럼 책을 읽지 않는 사람도 해외여행을 앞두곤 장바구니에 소설을 담는다. 기내에서는 책장이 바삐 넘어간다.

기내 엔터테인먼트 시스템으로 영화·음악·게임을 소비하지만 여행 정보와 지도를 보는 데에도 시간을 펑펑 쓴다. 내가 지금 지구 위 어디쯤에 있는지 궁금하다. 잠든 옆 승객을 쿡 찔러 이렇게 말하고 싶다. "일어나 봐요. 우리 지금 고비 사막 위를 날고 있어요!" 그래도 지루하다면 객실 안을 산책하며 다리와 허리를 쭉 펴자. 항공법에

저촉되지는 않으니까.

비행기는 우리에게 '비(非)일상'을 선물한다. 기내는 여럿이 한 공간에 있으면서 역설적으로 고독해질 수 있는 장소다. 동행이 없다면 철저히 혼자가 될 수도 있다. 떠나온 도시에 남겨둔 일과 가정, 인간관계에서 벗어나 성층권 하부를 날면서 오랜만에 자신의 내부를 여행한다. 구름 위의 피정(避靜)이다. 일상에서 이르지 못했던 높이에서 명상에 잠기며 '진짜 나'를 만날 수도 있다.

이 실용 에세이는 신문기자로 20여 년 일하며 취재한 영화와 출판, 뮤지컬과 여행 등에 알게 모르게 큰 빚을 졌다. 취소와 연기가 일상이 된 시대에는 기대를 낮추는 게 정신 위생에 좋다. 허황된 낙관은 우리를 더 고통스럽게 하니까. 그래도 희소식이 있다. 인류의 가장 오래된 행동은 기다림이다. 기다리는 능력은 우리 DNA에 내장되어 있다.

인류는 코로나와 벌이는 전쟁에서 승기를 잡았다. 세계 각국의 백신 접종 속도가 빨라지고 집단면역이 완성되면 그토록 갈망한 비행기에서 10시간을 다시 경험하게 될 것이다. 그날을 기다리면서 장거리 비행의 기쁨을 새롭게 발견하는 데 이 책이 조금이나마 쓸모가 있기를 소망한다. 몸은 당장 유럽이나 북미로 떠날 수 없지만 정신은 언제나 가능하다. 이제 탑승을 즐기시길(enjoy the ride)!

박돈규

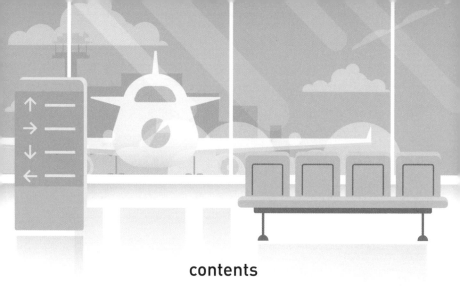

contents

01

기내식의 비밀

맛있는 기내식은 **왜 존재하지 않을까**

Go To Traval!

생애 첫 기내식을 비즈니스석에서 받았다. 2001년 프랑스 파리로 날아가는 에어프랑스였다. 고도 3만5000피트(10.6킬로미터) 상공에서 메뉴판을 펼쳤다. 오르되브르(애피타이저)부터 와인, 메인 요리, 디저트 등을 고르면서 호강했다. 지상에서도 좀처럼 먹기 힘든 구성이었다. 일등석 요리는 어떻게 나오는지 살짝 궁금했지만 그 '구름 위의 만찬'을 음미하면서 황홀했다.

첫 단추를 잘못 꿴 것이다. 그 뒤로 출장이나 휴가로 유럽·북미 등을 왕복하면서 장거리 비행기를 100번 넘게 탔다. 기내식의 절대다수는 일반석에서 경험했다. 비좁은 트레이(쟁반) 하나에 모든 요리가 한꺼번에 담겨 나오는 일체식. 비즈니스석과는 클래스가 달랐다. 가끔 불행한 일도 닥쳤다. 내가 원하는 메뉴가 그만 잎줄에서 동나는 바람에 '주는 대로 먹는' 식으로 끼니를 때워야 했다.

비행기는 이륙 후 잠시 시간이 지나면 고도가 일정해

지는 수평 비행에 돌입한다. 안전벨트 착용 경고등이 꺼진다. 기내 부엌인 갤리가 분주해진다. 눈이 핑핑 돌아갈 만한 속도로 식사와 음료를 준비한다. 드디어 밖으로 나온 승무원들이 카트를 밀면서 기내식 서비스를 시작한다. 금강산은 식후경, 장거리 비행도 매한가지다.

정규 기내식은 약 100년 전인 1919년 10월에 등장했다. 그해 런던~파리를 운항한 핸들리 페이지 트랜스포트 항공이 샌드위치, 과일, 초콜릿 등을 종이상자에 담아 승객에게 나누어준 게 시초였다. 당시 탑승 정원은 고작 4명. 두 시간 비행에 차(茶)와 여흥이 제공되었다. 1929년 하와이안 항공은 기내의 낮은 기압에 대비하도록 승객에게 껌을 나누어주었다고 한다.

1950년대 들어 기내에 오븐이 탑재되었다. 요즘 장거리 비행에서 우리가 먹는 따뜻한 식사(hot meal)가 가능해진 것이다. 이전에는 차갑게 먹을 수 있는 요리(cold meal)만 서비스되었다. 기내에 갤리(주방)가 설치되고 오븐을 넣은 덕분에 메뉴도 다양해졌다. 지상의 기내식 공장에서 만든 조리 음식들을 갤리에서 데워서 제공할 수 있게 된 것이다.

구름 위 시속 900킬로미터로 날아가며 즐기는 식사는
그 자체로 낯선 경험이다.

1958년 미국 항공사 팬암(1991년 파산하고 말았다)이
보잉707로 뉴욕~파리 노선을 운항하면서 승객에게 처음
으로 메뉴 선택권이 주어졌다. 일등석 · 비즈니스석 · 일
반석 등 좌석 등급에 따른 기내식 차별화가 이루어진 것
은 1970년대의 일이다. 콩코드 여객기기 등장하자 캐비어
(철갑상어 알)와 랍스터(바닷가재)도 기내식에 올라왔다.

세상에서 가장 확실한 것은 죽음과 세금뿐이라고 누가

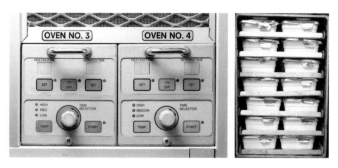

기술 발전에 힘입어 1950년대부터 비행기에서도 오븐에 데운 따뜻한 음식을 먹을 수 있게 되었다.

말했나. 장거리 비행에서는 더 틀림없는 게 있다. 바로 기내식이다. 비행기에게 항공유가 필요하듯이 탑승객에겐 음식이라는 연료가 필요하다. 비행 시간이 2시간 이상이면 따뜻한 기내식이 나온다. 목적지까지 10시간을 날아간다면 반드시 두 끼는 하늘 위에서 해결해야 한다.

요즘 기내식의 단가는 얼마일까. 항공사들은 애석하게도 그것을 좀처럼 밝히지 않는다. 하지만 일등석·비즈니스석·일반석의 한 끼 가격은 어림잡아 6:3:1 수준이라고 한다. 에어차이나가 국제선 일반석 기내식 1개당 10달러를 투입한다고 예외적으로 공개한 적이 있다.

2017년 미국 출장길에서 대한항공 귀국편 출발이 3시간 지연되자 "식사를 해결하시라"며 항공사 직원이 쿠폰을 건네주었다. 12달러(당시 1만3600원)가 찍혀 있었다. 나는 물론 일반석 승객이었다. 일반석 한 끼의 단가를 이것으로 가늠할 수 있다. 6:3:1 규칙을 적용하면 일등석 기내식은 72달러, 비즈니스석 기내식은 36달러인 셈이다.

일반석 기내식에는 '오늘의 수프'가 없다. 햇볕에 말린 크렌베리를 곁들인 연한 채소, 진판델 비네그레트 소스로 무친 설탕 절임 호두, 천일염을 뿌린 감자 튀김 위에 따뜻한 치아바타 롤도 절대 나오지 않는다. 비즈니스석 이상에서는 메뉴와 와인뿐만 아니라 포크와 나이프 같은 식기(食器)도 고급스러워진다.

갑부라도 가끔 먹지 않고는 못 배기는 음식이 라면이다. 하지만 기내에서는 라면조차 평등하지 않다. 여러 항공사의 장거리 여객기에서 우리는 라면을 먹을 순 있지만 좌석 등급에 따라 격차가 존재한다. 일등석과 일반석에서 똑같이 라면을 주문해 먹고 있더라도 다 같은 라면이 아니다.

2013년 어느 여객기 비즈니스석에서 "라면이 설익었다. 왜 이렇게 짜냐"며 승무원을 폭행한 이른바 '라면 상무' 사건이 있었다(그는 회사에서 해고당하자 무효소송까지 제기했지만 대법원에서 패소했다). 일등석과 비즈니스석에서는 라면을 끓여서 그릇에 담아 내놓는다. 북어와 콩나물을 넣고 끓인 라면에 표고버섯, 새우 등도 들어간다. 반찬으로 단무지를 내고 삼각김밥 등도 제공한다. 일반석은 작은 컵라면에 뜨거운 물만 부어줄 뿐이다.

하지만 실망할 필요는 없다. 일등석처럼 "등심은 어느 정도로 구워드릴까요?" 같은 질문을 받지 않더라도 일반석 기내식은 또 그것대로 매력이 있다. 비행기는 일상적인 공간이 아니다. 시속 900킬로미터로 날아가면서 지상 10킬로미터 위로 올라온 고기와 과일, 채소를 먹는다는 사실 자체가 평소 습관에서 완전히 벗어나는 경험이다. 여느 식당에서 만났다면 보잘것없어 보였을 음식도 기내에서는 특별한 신비감이 더해진다.

당신이 경험한 첫 기내식을 떠올려 보라. 구름 위의 식사는 그때나 지금이나 설레는 일이다. 여름휴가 때 장거리 해외여행을 다녀온 친구나 직장 동료에게 흔히 하는 질문 중 하나가 "기내식은 어땠어?"다. 파스타와 과일, 빵과 치즈 등 트레이에 놓인 요리 자체는 단출하다. 하지만

24

거기에 담긴 영양적 가치보다 훨씬 더 흥미로워질 수 있는 게 바로 기내식이다. 일상에서는 경험할 수 없는 결핍, 어떤 심리적 갈망에 응답하기 때문이다.

레몬은 영양학적으로 100그램당 열량이 29킬로칼로리다. 식이섬유 2.8그램, 당분 2.5그램, 단백질 1.1그램 등을 포함하고 있다고 한다. 하지만 심리적으로는 다른 재료들을 품고 있다. '남쪽' '태양' '희망' '아침' '간소함' 같은 낱말과 잘 어울린다. 레몬을 먹을 때 이 과일의 심리적 영양소까지 빨아들이는 셈이다. 누군가 아보카도를 먹으며 캘리포니아의 청명한 하늘과 햇볕, 바람을 떠올리는 것처럼 말이다.

다시 라면으로 돌아가 보자. 라면 100그램에는 탄수화물이 65그램, 지방 14그램, 단백질 9그램, 칼슘 등 무기질과 비타민이 12그램쯤 함유되어 있다고 한다. 422킬로칼로리 안팎의 열량을 낸다. 하지만 우리가 기내에서 따로 주문해 먹는 컵라면 하나에는 계량할 수 없는 미덕이 있다. 익기를 기다렸다가 마침내 뚜껑을 열고 한 젓가락 건져 올릴 때 그 라면에는 퍽퍽한 장거리 비행의 피로를 잠시 잊게 해주는 칼칼한 위로가 담겨 있다.

비빔밥은 한국 승객에게 특별한 기내식으로 꼽힌다. 대한항공 비빔밥은 1997년 일반석 기내식에 데뷔했다. 국제기내식협회(ITCA)는 그해 머큐리상(Mercury Award) 대상 수상작으로 비빔밥을 호명했다. 여객기에 탑승한 비빔밥은 한국 승객이 선호하는 기내식 1위 자리를 굳건히 지키고 있고 외국인에게는 '한식 전도사' 역할을 해왔다. 2016년에만 300만 식이 소비되었다고 한다.

대한항공 김호석 셰프를 2017년 서울 김포공항 기내식사업소에서 만났다. 그는 비빔밥 개발부터 모든 과정을 지켜봤고 2006년엔 비빔국수로 또 한 번 머큐리상(금상)을 차지한 기내식 명장(名匠)이다. "기내식 비빔밥도 조금씩 변해왔다"며 그가 말을 이었다.

"초창기엔 청포묵과 고사리도 넣었어요. 고사리는 유럽에서 기피 음식이라고 해 빠졌지요. 소고기를 먹지 않는 특정 종교 승객에겐 고명으로 닭고기를 얹었습니다. 요즘 일반석 비빔밥엔 호박 · 표고버섯 · 취나물 · 참나물 · 도라지 · 무나물 · 시래기 등 나물 7종이 들어가요."

군단장 요리병으로 복무했고 호텔 조리사를 거친 그는 1991년부터 메뉴 개발, 요리, 인력 양성 등 기내식의 모든

비빔밥 개발의 모든 과정에 참여한 김호석 셰프.

것을 경험했다. 비빔밥은 기내에 일본 보온밥통을 실어 일등석에만 제공하다 1997년 일반석에도 진출했다. 밥과 고추장, 용기 등 난관이 많았단다.

"국내에서 햇반은 기내식 비빔밥 수요 덕에 개발된 거

예요. 고추장은 작은 컵에 담아내다 튜브로 옮겨갔습니다. 또 밥과 나물을 비비려면 공간이 필요하잖아요. 네모난 용기가 정석이던 시절에 둥근 용기를 개발했지요."

국적 항공사가 어설픈 한식을 내놓을 수는 없다. 에어 프랑스, 브리티시에어, 싱가포르항공 등 우리나라에서 출발하는 세계 49개 항공사에 기내식을 공급하는 대한항공 기내식 생산량은 하루 8만 식을 돌파했다. 따뜻한 식사 종류만 된장덮밥, 불고기 등 1000여 가지다. 최고 인기 메뉴인 비빔밥은 하루 약 4000식이 생산된다. 김 셰프는 "과거에 비빔밥은 한식 대표는커녕 푸대접을 받는 음식이었다"며 "기내식으로 사랑받고 자연식이 뜨면서 덩달아 '신분'이 상승한 셈"이라고 했다.

한국인에게는 고추장과 나물에 대한 본능적 욕구가 있다. 미주 노선은 승객의 60%, 유럽 노선은 75%가 기내식으로 비빔밥을 찾는다는 통계가 있다. 내가 경험했듯이 "귀국편에서 비빔밥이 동나 못 먹었다"는 불평도 가끔 들린다. 탑승객 국적 비율 등 자료를 바탕으로 수요를 예측하지만 쉽지 않다고 한다.

매운맛은 사실 맛이 아니라 통증이다. 퓰리처상을 받

대한항공 기내식의 최고 인기메뉴 비빔밥.
하루에만 4,000식이 생산된다.

은 저널리스트 존 매퀘이드는 저서 '미각의 비밀'에서 "매
운맛을 좋아하는 사람은 통증을 실질적인 위험 없이 즐기
고 그 고통이 끝났을 때 안도감을 느낀다"며 "이른바 '고
추 문화'란 버틸 수 있는 데까지 버티는 문화"라고 썼다.
시련을 견디고 살아남았다는 데서 오는 쾌감을 즐긴다는
것이다.

　기내식은 공항 근처에 있는 케이터링 키친에서 미리
만들어 여객기에 싣는다. 대한항공 기내식센터에는 300
억 원대 주방설비에서 전문 셰프만 300명이 근무한다. 수

백 명이 함께 먹기 때문에 안전성과 위생이 생명이다. 조리한 지 45분 이내에 담아 5도 이하로 급속 냉장해 미생물 번식을 막고 맛을 잡는다. 건조하고 기압이 낮은 지상 10킬로미터 기내에서도 음식 고유의 맛과 향을 유지하는 데 신경 쓴다.

차가운 음식은 48시간 안에, 뜨거운 음식은 72시간 안에 소비되어야 한다. 갤리에서 오븐으로 재가열할 땐 메뉴별로 온도와 시간이 제각각이다. 불꽃이 생길 수 있는 전자레인지는 위험해 쓰지 않고 뜨거운 열기를 순환시키는 대류식 오븐을 사용한다.

항공편이 지연되거나 결항할 경우 미리 준비한 기내식은 어떻게 될까. 쓰레기통으로 직행한다. 멀쩡한 음식을 폐기하기는 아깝지만 승객의 안전이 더 중요하기 때문이다. 1992년 아르헨티나 국적기에서 콜레라 병원균에 오염된 새우를 먹은 승객 한 명이 사망하고 76명이 감염된 사고 이후 관련법이 더 엄격해졌다.

그런데 기내식 맛은 왜 그렇게 이상할까. 영국 BBC방송이 2015년 이 의문을 심층 취재해 보도했다. 결론부터 말하면 혀에서 맛을 감지하는 세포인 미뢰의 민감도가 변

기내식은 공항 근처 케이터링 키친에서
만든 다음 항공기로 옮긴다.

하기 때문이다. 정상적인 미

각도 구름보다 높은 위치에 있을

때는 비행기 창밖으로 날아가 버리는 셈이다. 항공사들은

승객의 미각과 식욕을 정상 궤도로 되돌리기 위해 부단히

노력한다.

　기내식이 단조롭고 맛이 없다면 꼭 그들 잘못만은 아

니다. 좀 과장해 말하면 우리가 출발 게이트에 정상적인

미각을 두고 왔기 때문이다. 비행기가 이륙하고 순항고도에 오르면 파스타부터 와인까지 모든 풍미가 달라진다. 풍미는 미각과 후각의 결합인데 기내에서는 감도가 뚝 떨어진다. 습도와 기압, 소음과 진동 등 이른바 '기내 경험'을 구성하는 모든 조건이 음식 맛에 영향을 미치기 때문이다.

공항에서 산 과자봉지는 비행기가 이륙하면 빵빵해진다. 기압이 낮아지기 때문이다. 지상에서보다 공기가 누르는 힘이 약해지니 과자봉지가 부풀어 오르는 것이다. 기내에서는 습도도 곤두박질친다. 고도 10킬로미터에서 습도는 12% 이하로 떨어진다. 사막보다 더 건조한 상태다. 2015년 독일 루프트한자 항공의 연구에 따르면 낮은 기압과 낮은 습도가 복합되어 단맛과 짠맛에 대한 민감도를 30%쯤 떨어뜨리는 것으로 나타났다. 이 수치는 감기에 걸렸을 때와 비슷한 수준이다.

그런데 흥미로운 결과도 있다. 우리는 기내에서 단맛과 짠맛에 대한 감각과만 이별하고 나머지 신맛, 쓴맛, 매운맛은 거의 영향을 받지 않는다는 사실이다. 기내식 맛은 미각에만 국한된 문제는 아니다. 우리가 흔히 맛이라

기내식 레시피는 소금과 향료를 첨가하는 방향으로 변형된다.

고 여기는 것의 80%는 사실 냄새이기 때문이다. 기내에
서는 후각이 둔해져 음식 맛을 훨씬 더 싱겁게 느낀다고
한다. 따라서 적절한 양념이 필요하다.

　일반적으로 기내식 레시피는 소금과 향료를 첨가하는
방향으로 변형된다. 대체로 지상의 음식보다 간이 세다.
항공사에 따라 다를 테지만 10킬로미터 상공에서 최적의
맛을 내기 위해 염도와 당도를 조금 높이는 셈이다. 기내
식에는 강한 향도 곧잘 사용된다.

　놀라지 마시라. 청각도 맛에 관여한다. 시끄러운 소음

속에서 귀가 멍멍해진 상태로 식사를 할 경우 덜 짜고 덜 달게 느끼는 것으로 조사되었다. 단, 85~90데시벨 수준인 기내 엔진 소음이 모든 맛에 영향을 미치지는 않는다. 향신료와 커리 맛은 구름 위에서 한층 더 강렬해진다고 한다. 향이 세고 맛이 풍성한 와인이 기내에 주로 실리는 이유다.

다섯 번째 맛으로 불리는 우마미(umami)는 흥미롭게도 고도에 영향을 받지 않는다. 김, 버섯, 토마토, 시금치, 간장 등이 주는 감칠맛 말이다. 연구 결과 이 우마미는 시끄러운 소음에 의해 오히려 확장될 수도 있는 것으로 나타났다. 우리가 기내에서 달고 짭짜름한 토마토 주스에 평소보다 더 끌리는 까닭이다. 세계 200개 항공사의 평균 음료 소비량을 봐도 토마토 주스가 1등을 차지하고 있다.

지상에서는 맛있어도 기내에서는 다를 수 있다. 환경이 완전히 달라지기 때문이다. 지상보다 낮은 기압과 습도, 멈추지 않는 엔진 소음이 미각과 후각과 청각과 식욕을 훼방한다. 10킬로미터 상공에서는 어떤 음식도 맛있기가 쉽지 않다.

"Chicken or Beef?"

시끄러운 기내에서 달고 짭조름한 토마토주스가 인기 있는 까닭은 바로 비행기의 소음과 관련 있다.

기내식 카트를 밀고 온 승무원이 우리에게 종종 던지는 질문이다. 돼지고기는 어디로 갔을까? 돼지고기 메뉴가 전무한 것은 아니지만 이슬람 신자의 비율이 높기 때문에 피하는 항공사가 많다. 이슬람이 허용하는 할랄 음식에 소고기나 닭고기, 양고기는 포함되지만 돼지고기는 제외된다. 장거리 비행의 경우 저녁 기내식 메인 메뉴는 고기, 생선 또는 파스타로 구성하는 게 불문율에 가깝다.

한 끼 밥의 정량은 지상에서 180그램이지만 하늘에선 120~140그램이 적당하다고 한다. 기압이 낮은 기내에서 장시간 사육당하다시피 앉아 있어야 해 소화가 쉽지 않고 가스가 찬다는 점에서 배불리 먹지 않는 것도 중요하다. 전문가들은 기내에서 탄수화물 섭취는 줄이고 단백질 비중을 넉넉하게 잡으라고 권한다.

2020년 코로나 바이러스가 창궐한 뒤 그리움의 대상이 된 것이 많다. 먼저 하늘길이 막혔다. 해외여행을 가고 싶어도 갈 수 없는 사람들을 겨냥한 틈새 비즈니스가 등장했다. 출발지와 도착지가 같은 무착륙 국제선은 하늘에서 기내식이라도 먹으며 장거리 비행의 기분을 내보자는 욕망에 부응한 상품이다.

편의점 CU는 2020년 여름에 '기내식 도시락 시리즈 3종(포크 플리즈, 치킨 플리즈, 비프 플리즈)'을 출시했다. 휴가철 집콕족과 랜선 여행족을 위해 집에서 즐기는 기내식을 선보였다. 비행기에서 승무원에게 주문하는 느낌을 살리기 위해 플리즈(please)를 붙였다.

이코노미석 좌석에 딱 맞는 작은 트레이에 오밀조밀 담긴 오믈렛과 플라스틱 식기를 배달하기도 했다. 기내식이 일상의 활주로에 착륙한 것 같아 반가웠다. 그래도 하늘 위에서 먹는 그 맛은 결코 아니었다.

장거리 비행을 많이 다녀본 눈치 빠른 승객은 안다. 저녁 기내식은 고기, 생선 또는 파스타기 나온다는 사실을!

02

'공포 영화'는 내려주세요

왜 한여름에도 승객들은 **공포영화를 안 보나**

Go To Traval!

'세 살 버릇 여든까지 간다'를 영어로 'Old habits die hard'라고 표현한다. 기내에서도 그렇게 오래된 습관이 있을까. 항공운송협회(IATA)가 2016년 세계 145개국 6920명을 대상으로 설문조사를 했다. 장거리 비행의 경우 승객들은 주로 '영화 감상'(77%·이하 복수응답)을 하면서 시간을 보내는 것으로 나타났다. '잠을 잔다'(69%)와 '식음을 한다'(40%)는 답변이 뒤를 이었다.

기내영화가 없다면 장거리 비행은 얼마나 지루할까. 엔진 소음이 귀에 윙윙거린다. 저쪽에서는 또 아기가 울어댄다. 독서도 수면도 포기하기 직전이다. 그렇다고 비상구로 나갈 수도 없다. 승객은 저마다 헤드폰이나 이어폰을 꽂고 45센티미터 앞에 있는 10인치 LCD 스크린 속으로 탈출한다.

"승객 여러분, A항공에 탑승하신 것을 환영합니다. 목적지까지는 10시간이 걸릴 예정입니다. 항로의 기상 상태는 양호할 것으로 보이나 난기류를 만날 수도 있으니 앉아 계실 때는 안전벨트를 매주시기 바랍니다. 기내영화와 관련해 몇 가지 질문에 답해주시는 동안 이륙하겠습니다. 편안한 여행 되십시오."

이렇게 시작되는 설문조사를 한 적이 있다. 10킬로미터 상공에서 골라보는 기내영화의 취향이 궁금했다. 아시아나항공이 장거리 노선 상영목록을 제공해주었고 맥스무비에 조사를 의뢰했다. 무려 1만450명이 응답했다. 비행기에 탑재된 영화 70여 편 중에 무엇을 먼저 볼 것인지, 기내에서 영화를 고르는 기준은 뭔지, 불편한 점은 없는지 등 '기내영화의 취향'이 드러났다. 당시 제시된 상영목록은 아래와 같다.

쥬라기 월드, 안투라지, 스파이, 투모로우랜드, 앤트맨, 셀프/리스, 피치퍼펙트2, 에이지 오브 애덜린, 러브 앤 머시, 터미네이터 제니시스, 알로하, 폴 블라트, 미 앤 얼 앤 더 다잉 걸, 인사이드 아웃, 보이콰이어, 워터 디바이너, 맥스, 매드맥스: 분노의 도로, 분노의 질주7, 핫 퍼수트, 박물관이 살아 있다: 비밀의 무덤, 셀마, 사랑에 대한 모든 것, 말레피센트, 테이큰3, 인터스텔라, 패딩턴, 비행기2:

10인치 스크린이 없는 장거리 비행을 상상이나 할 수 있을까.

소방구조대, 엑소더스: 신들의 왕, 이미테이션 게임, 빅 히어로, 토이 스토리, 퓨리, 포레스트 검프, 빅 컨츄리, 스팅, 내일을 향해 쏴라, 제리 맥과이어, 이브의 모든 것, 장수상회, 쎄시봉, 오늘의 연애, 님아 그 강을 건너지 마오, 국제시장, 조선명탐정2, 명량, 미라클 벨리에, 피케이: 별에서 온 얼간이.

응답자들은 6:4로 여성이 더 많았다. 연령대는 30대(34%), 20대(28%), 40대(22%) 순이었다. 상영목록에서 우

작은 스크린 속 영화에 빠져들다 보면 단 몇 시간이나마 팍팍한 이코노미 좌석이 안락한 영화관 좌석처럼 느껴지기도 한다.

선적으로 볼 영화 한 편을 묻자 1410명(13%)이 애니메이션 '인사이드 아웃'이라고 답했다. 열한 살 소녀가 머릿속 다섯 가지 감정 가운데 '기쁨'과 '슬픔'을 잃어버리면서 소용돌이에 휘말리는 이야기다. '앤트맨'(8%)과 '국제시장'(7%)이 2~3위를 차지했고 '인터스텔라' '쥬라기 월드' '스파이' '매드맥스: 분노의 도로' '빅 히어로'가 뒤를 이었다. 모두 국내 개봉 흥행작들이다.

탑승객 중 92%는 장거리 비행에서 영화를 1편 이상 관람하는 것으로 나타났다. 이쯤 되면 기내 영화는 필수 불가결의 오락이라고 할 수 있다. '2~3편(3~5시간)을 본다'는 응답이 가장 많았다. 평균 러닝 타임을 90분으로 잡으면 탑승 시간 10시간 중 3~5시간은 영화를 보며 흘려

보내는 셈이다.

기내에서 영화를 보는 까닭을 묻자 '달리 할 게 없어서'(64%) '영화 보기 좋은 조건이라서'(22%)라고 답했다. 자발적 관람보다는 '킬링 타임' 형태라는 것을 알 수 있다. 그들은 무엇보다 이미 흥행으로 재미가 검증된 영화를 선호했다. 영화를 선택하는 기준은 1위가 흥행(29%), 2위는 긴장 해소(24%), 3위는 배우·감독(11%)으로 나타났다. 국내 미개봉작이나 신작보다는 익숙한 영화를 선호한다는 사실을 확인할 수 있다.

비행기 추락 장면이 등장하는 '플라이트'나 '더 그레이' 같은 영화를 기내에서 보고 싶어 하는 관객은 사실상 없다. 상상해보라. 비행기 추락을 살벌하게 묘사한 영화를 보고 있는데 당신이 타고 있는 비행기가 심한 난기류를 만나 춤추듯 흔들린다고. 4DX 영화관도 흉내 낼 수 없는 실감 나는 진동과 공포를 경험하게 될 것이다.

승객이 가장 기피하는 장르는 예상대로 공포·스릴러(63%)였다. 2위는 멜로(14%)로 조사되었다. 맥스무비 편집장은 "난기류를 만나 흔들리기까지 하는 비행기 안에서 영화 감상은 긴장과 불안을 해소하는 수단"이라며 "좌석간 거리가 좁아 즉각적인 반응이 드러나는 공포·스릴러나 멜로는 보기 부담스러울 수밖에 없다"고 설명했다.

요즘 영화관에서 관객이 선호하는 장르는 액션, 드라마, SF, 미스터리, 멜로 순이다. 기내에서는 코미디와 액션이 으뜸이었다. 바꿔 말하면 산만하고 좁은 공간에서 시간을 때우기에 가장 적합한 장르라는 뜻이다. 응답자들이 보고 싶다고 꼽은 영화들은 대부분 블록버스터(액션)이거나 애니메이션(코미디)이었다. SF는 스크린이 작아서 매력이 크게 훼손될 수밖에 없다.

아시아나항공 기내영화 담당자는 "상영목록 70여 편 중 매달 20~30편을 교체한다"며 "3배수를 추천받아 가족영화 중심으로 상영작을 고른다"고 설명했다. 대한항공의 경우는 예술영화도 많이 집어넣는 편이다. 영화 한 편이 비행기에 들어가면 3개월 정도 있다가 빠진다. 아시아나항공에서는 해마다 열리는 아시나아국제단편영화제 수상작과 화제작을 기내에서 만날 수 있다. 최첨단 IT시대에 승객이 어떤 영화를 얼마나 보고 있는지에 대한 정확한 집계가 항공사에 없다는 점은 아쉬웠다.

상영목록에 대한 만족도는 '좋은 편이다'(51%) '평

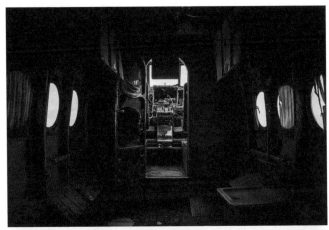

긴장과 불안이 지속되는 공포나 스릴러, 집중을 요구하는 멜로는 좁은 좌석에서 작은 화면으로 보아야 하는 환경에서는 쉽게 선택할 수 없는 장르가 된다.

범하다'(39%) 등 긍정적이었다. 하지만 '최신작이 적다'(29%) '한국 영화가 적다'(20%) '영화 편수가 적다'(19%)는 불만도 토로했다. 맥스무비 영화연구소는 "국적기 승객의 경우 최신 한국 영화에 대한 수요가 가장 높다는 사실을 확인한 셈"이라며 "한글 자막이 없는 영화를 상영하는 것은 개선이 필요하다"고 했다.

기내영화의 역사는 기내식과 비슷하다. 1920년대 기내에서 극히 제한적으로 무성영화를 틀었지만 본격적인 기내영화 시대의 개막은 40년을 더 기다려야 했다. 1961년 7월 19일 미국 항공사 트랜스월드에어라인(TWA)이 뉴욕을 떠나 로스앤젤레스로 가는 보잉707 여객기 일등석에서 영화를 상영한 것을 시작으로 꼽는다. 영상과 소리가 합쳐진 기내 오락물의 시대는 사실상 1960년대에 열린 셈이다. 그 뒤부터는 항공여행 필수 코스가 되었다.

기내영화 감상에는 흥미로운 특징이 있다. 바로 전염성이다. 우리는 다닥다닥 붙은 의자에 앉아 있다. 앞 승객이나 옆 승객이 뭘 보는지, 반응이 어떤지 금방 간파할 수 있다. 그 영화가 더 재미있는 것 같으면 당장 취소 버튼을 누르고 영화를 '갈아타는' 것도 수월하다. 장거리 비행기

1920년대, 제한적이나마 기내에서 무성영화를 틀어주기도 했다.

는 내가 무엇을 보느냐가 다른 승객에게 큰 영향을 끼칠 수도 있는 특별한 장소다.

항공사가 주기적으로 교체하는 기내 상영목록이 승객의 다양한 취향을 두루 만족시킬 수는 없다. 보고 싶은 영화를 노트북이나 스마트기기에 내려 받아 탑승하는 것도 방법이다. '나만의 리스트'를 가지고 있으면 장거리 비행에서도 예측 가능한 여행을 설계할 수 있다.

불편한 기내에서 영화를 보다가 뜻밖의 감동을 만날

밀폐된 공간에서 사방이 뚫려 있는 스크린. 당신이 선택한 영화는 옆 혹은 뒤에 있는 누군가에게 쉽게 전파되기도 한다.

때가 있다. 톰 크루즈와 르네 젤위거가 주연한 영화 '제리 맥과이어'(1996)에 이런 대사가 나온다. "일등석에는 음식은 물론 더 나은 인생이 있어." 나는 이 문장을 고치고 싶다. "일반석에서 보기에 더 나은 영화가 있어"라고. 그 순간만큼은 영화 감상의 악조건을 깡그리 잊게 된다.

지금 10킬로미터 상공을 날고 있다고 상상해보라. 짐짝이 된 기분일 것이다. 작은 창으로 단조로운 바깥 풍경을 바라보며 엔진이 멈추지 않기를 기도하는 것 말고는 할 게 별로 없다. 책과 잡지를 챙겨왔지만 엔진 소음과 난기류, 앞자리에서 빽빽 울어대는 아이 때문에 도통 몰입이 안 된다.

기내영화는 이렇게 악조건에 갇힌 우리를 위로해준다. 첫 기내식이 나오기도 전에 헤드폰을 써 주변 소음을 절반쯤 차단하고 나를 구원해줄 영화 목록을 살핀다. 킬링타임에 어떤 영화가 좋을까. 기내에서 승객이 선호하는 장르는 설문조사로 나타났듯이 단연 코미디다. 줄거리를 쉽게 따라가면서 웃을 수 있으니 기분이 한결 나아진다.

코미디는 단순히 긴장을 풀기 위해 존재하는 게 아니다. 고대에는 왕을 웃기는 게 임무인 광대가 있었다. 왕이 진짜 중요하고 진지한 문제들로 돌아가려면 웃음이 필요했고, 코미디는 왕이 점잔만 떠는 실수를 하지 않도록 그를 구해냈다. 장거리 비행뿐만 아니라 삶에서 어떤 고통스러운 구간을 지날 때도 코미디와 유머가 필요하다는 사실을 새삼 깨닫게 된다.

그것은 절망에 대처하는 약물과도 같다. 치과에서 정기적으로 치아를 검사하듯이 우리에겐 코미디가 필요하다. 2차 세계대전 중 궁지에 몰렸던 1940년대 영국에서는 히틀러와 나치 지도자들을 조롱하는 노래가 유행했다. 그 노래는 대강 이렇게 흘러갔다.

"히틀러는 불알이 하나라네/ 괴링은 두 개지만 매우 작다네/ 히믈러도 뭔가 비슷한 것을 가지고 있다네/ 늙고 가엾은 괴벨스는 하나도 없다네~."

평범한 시민들이 지어 불렀기 때문에 몇 가지 다른 가사도 존재한다. 저 우스꽝스런 내용은 사실이 아니었지만 무력감을 떨치려면 다른 방법이 없었다. 폭탄을 피해 방공호에 숨어든 영국 사람들은 무서울수록 더 크게 '히틀러는 불알이 하나라네(Hitler has only got one ball)'를 합창했다. 섬뜩한 공습의 공포 앞에서 쾌활을 유지하기 위한 반작용이었다.

2020년 코로나 바이러스가 마치 흑사병처럼 세상을 휩쓸 때에도 유머가 필요했다. 사람들은 "이 감염병은 중국산(産)이라 오래 못 간다"고 농담했다. 코로나를 조롱하는 노래 '꺼져라 바이러스'(Fuck You Virus)도 등장했다. 길고 살벌한 노랫말을 압축하면 이렇다.

"젤라틴 외피를 가진 바이러스야 엿먹어라/ 2주간의 잠복기 따위는 집어치워라/ 문손잡이에 숨는 꼴도 역겨워라/ 생필품을 사재기하게 만들다니 엿먹어라/ 잘 들어, 우리가 지금 널 잡으러 간다/ 넌 우릴 가지고 장난칠 수 없어/ 죽을 때까지 두들겨 패주마/ 우리가 이길 것이다~."

이 조롱과 웃음이 참담한 현실로부터 시선을 거둘 수 있도록 도와주었다. 목숨의 위협 앞에서 우리를 더 대담하게 만들어주었다. 고단한 장거리 비행에서 코미디 영화는 비슷한 방식으로 승객에게 활기와 위안을 선물한다.

우리에게 공포 영화는 정반대다. 우리 사회에는 안 그래도 예측 불가능한 위험이 도처에 잠복해 있다. 지상보다 험한 악조건이 수두룩한 장거리 비행에 구태여 공포물을 넣어야 할 이유를 찾기는 어렵다.

코로나 사태를 겪고 나선 감염병을 다룬 작품도 기내 영화 목록으로부터 퇴출될 게 분명하다. 장거리 비행 중에 브래드 피트가 주연한 '월드워Z'를 본다고 상상해보라. 항공사 기내영화 담당자들에게 부탁하고 싶다. 공포 영화는 이른바 '블랙리스트'로 관리해달라고. 탑승 거부권을 행사해달라고.

03

To drink or not to drink

알코올은 **구름 위 여행**의 **동반자**인가 **훼방꾼**인가

Go To Traval!

좀 이상하게 들리겠지만 직장 생활에 꼭 필요한 두 가지가 있다. 커피와 술. 헝클어진 정신을 깨우려고 출근 전후에 모닝커피를 마신다. 퇴근길에 음주로 하루의 스트레스와 긴장을 해소한다는 직장인도 많다. 커피와 술이 하루의 입구와 출구를 각각 지키고 있는 셈이다. 그런데 기내에서는 어떨까.

　공항에서 출발하는 승객의 70%는 놀러 간다는 통계가 있다. 이륙 후 순항고도에 오르면 스튜어디스가 음료 카트를 밀고 나타난다. 여름철에는 시원하고 거품이 이는 맥주가 당긴다. 불편한 기내에서 스스로를 위로하는 행동일 수도 있다. 국제선을 탔으니 외국 맥주에 더 끌리기 마련이다. 긴장이 탁 풀리면서 꼬박꼬박 마시게 된다. 낮에 이륙하면 낮술을, 밤에 이륙하면 밤술을.

　장거리 비행에서 가장 신경 쓰이는 경우의 수는 음주(飮酒) 아닐까. 기내도 사실 스트레스가 많은 공간이다. 구름 위에서 우리는 사실상 벨트에 묶여 있는 셈이니까. 기압은 낮고 소음은 심해 귀가 멍멍하다. 일과 가정, 크고 작은 근심에서 벗어나고도 이 무슨 처량한 신세란 말인가. 가끔은 난기류에 동체까지 출렁거린다. 술 생각이 굴뚝같다.

뷰(view)가 좋은 창가에 앉으면 주량도 덩달아 광활해진 것처럼 느껴진다. 하지만 마셔야 하나 말아야 하나? 햄릿의 명대사를 조금 바꾸면 "Drink or not to drink, that is the question"이다. 결론부터 말하면 음주는 잠깐 안도감을 주고 기분 전환을 돕지만 수면을 방해하고 탈수를 부른다는 점에서 득 못지않게 실이 많다.

실망시켰다면 미안하다. 하지만 기내에서 한두 잔 이상의 술은 피하는 게 좋다. 무엇보다 수면을 방해한다. "음주 덕에 긴장을 풀고 잠을 잘 수 있다"고 반박할지도 모른다. 진실을 말하자면 그것은 실제로 의미 있는 휴식이 아니다. 술은 안 그래도 건조한 기내(습도 10~15%)에서 탈수현상을 일으키고 피부에도 좋지 않다. 특히 창가석에서 음주를 즐긴다면 화장실에 들락거리는 것도 번거로운 일이다. 술은 10시간 비행 중 초반부에 위로가 될 수는 있겠지만 후반부와 목적지 도착 후 시차 적응에 악영

"To drink or not to drink, that is the question"

알코올이 든 카트를 밀고 나타난 스튜어디스에게 본심을 고백하지 않을 수 없다.
"A beer(wine), please."

향을 미칠 수 있다.

물론 비행기 삯에는 술을 비롯한 음료값이 포함되어 있다. 일반석에 앉아도 본전 생각이 난다. 술꾼도 아닌데 다른 승객들이 토마토 주스나 콜라, 물을 주문할 때 자꾸만 술술술 술에 끌린다. 카트 앞에서 못 이기는 척 "레드 와인"이나 "맥주"를 발음하고 만다. 장거리 비행이라는 악조건이 핑계가 되어준다. 힘겹고 지겨운데 취기에 기대 잠이나 자자는 생각에 해결사처럼 술을 부르는 것이다.

내 동료 한 사람은 "이륙한 비행기에서 술을 주문할

때 진짜 여행이 시작되었다는 느낌을 받는다"고 했다. 다시 말하는데, 조심하자. 술을 마시면 술술 풀릴 것 같지만 결과는 정반대로 꼬일 수 있으니까. 항공기 여행객이 꼽는 최악의 꼴불견은 바로 '과도한 음주로 폐 끼치는 사람'이다. 술잔은 작고 얕아도 그 술잔에 빠져죽은 사람이 바다에 빠져 죽은 사람보다 많단다.

성층권에서의 음주는 지상과는 사뭇 다르다. 기내 기압은 해발 1800~2200미터 산에 올랐을 때처럼 낮다. 그런 환경에서는 몸이 산소를 흡수하는 능력이 뚝 떨어진다. 반면 혈중 알코올 농도는 더 가파르게 높아져 어지럼증을 느낄 수도 있다. 세계의 지붕이라는 에베레스트(8848미터)에 도전하는 산악인도 힘겨울 수 있다. 기내 음주는 지상에서 같은 양을 마셨을 때보다 우리를 몇 배 더 취하게 만든다.

항공사마다 서비스 가이드라인이 있는데 대부분 한 승객에게 최대 3회까지만 주류를 제공한다. 비행 중인 항공기는 저기압, 저산소 상태라서 술을 마시면 더 빨리 취하고 숙취 증상도 더 심하게 나타난다. 기내 산소 농도는 지상의 4분의 3쯤이라고 보면 된다. 항공여행 전문가들은

구름 위에선 주량이 평소의 1/3로 줄어든다. 까딱하다간 쉽게 취하게 된다.

기내에서는 주량이 평소의 3분의 1 정도로 줄어든다고 경고한다. 소주 한 병이 주량인 사람은 두세 잔만으로도 같은 취기를 경험한다는 뜻이다.

혈중 알코올 농도는 음주 30~60분 뒤에 최대 효과를 낸다. 간이 처리할 수 있는 것보다 많은 알코올이 들어올 경우 초과분은 혈관을 따라 흐른다. 혈중 알코올 농도가 올라가면 몸이 둔해지고 이뇨작용이 촉진된다. 건조한 기내에서 더 빨리 탈수증에 노출되는 것이다. 술을 마실 때마다 물을 마시라는 조언에 따를 필요가 있다. 짠 음식도 피하는 게 좋다. 안 그러면 갈증으로 술이 더 당길 테니까.

커피도 기내에서는 우리에게 호의적이지 않다. 카페

(좌) 기내에서 커피를 마시는 것은 음주만큼이나 좋은 선택이 아니다. 저기압의 영향으로 맛과 향이 날아가버린다.
(우) 와인을 음미하고 싶다면 달고 부드럽고 향이 풍부한 것을 선택하라. 타이밍은 미각이 우리 몸에 온전히 남아 있는 이륙 직후로 잡아라.

인은 술처럼 잠을 방해하고 탈수를 일으킨다. 저기압으로 둔감해진 미각과 후각, 엔진 소음 등 기내 악조건도 맛과 향을 떨어뜨린다. 항공사들이 싸게 대량 구매하는 커피 원두의 품질은 대체로 실망스럽다. 물탱크 청소를 믿을 수 없어 비행기에서는 커피나 홍차를 마시지 않는 게 좋다는 주장도 있다. 관리 상태는 항공사에 따라 다를 것이다.

기내에 오랫동안 같은 자세로 있다 보면 입안이 텁텁해지고 미각세포도 둔해진다. 기내는 습도가 극도로 낮아서 우리 몸의 수분을 빼앗아간다. 피부는 건조해지고 입과 코도 마른다. 그래서 승무원들은 수시로 물을 서비스한다. 탈수를 막으려면 수분을 계속 섭취하는 게 효율적인 방법이다. 술이나 커피, 탄산음료는 오히려 탈수를 촉진하므로 가급적 피해야 한다.

그래도 와인을 마신다면 달고 부드럽고 향이 풍부한게 좋다. 기내는 기압이 낮고 공기 순환이 빨라 와인 고유의 향이 코에 전달되기 전에 상당 부분 공기 중으로 날아간다. 좋은 와인도 하늘로 올라가면 강렬함을 잃고 무뎌진다. 지상에서는 아주 감미로운 와인이 기내에서는 묽어지고 떫어지고 시어지는 것이다. 산도가 높은 샴페인이 기내에서 더 좋은 맛을 낸다고 한다. 비행기에서 와인을 마실 작정이라면 미각이 둔해지기 전 이륙 직후에 가능한 한 빨리 마시는 편이 낫다.

항공사들은 노선별, 클래스별로 다른 와인을 서비스하고 있다. 가격은 공개되지 않지만 대체로 일등석은 병당 10만~20만원대, 비즈니스석은 7만~10만원대의 샴페인,

화이트, 레드 와인을 준비한다. 일반석에서 제공되는 화이트와 레드 와인은 3만원 안팎으로 알려져 있다. 기내식과 비슷한 비율로 차이가 나는 셈이다.

일등석 탑승은 '버킷 리스트' 중 하나다. 외과 의사 배상준 씨는 2015년 미국 LA 출장을 갈 때 마일리지를 사용해 아시아나 일등석(8만 마일 공제)을 탔고 귀국길에도 마일리지로 대한항공 일등석에 앉았다. '낭만 닥터 SJ'라는 필명으로 블로그에 체험기를 올려 유명해졌다. "와인은 어떤 걸로 하시겠습니까" 하고 승무원이 묻자 그는 이렇게 답했다고 한다. "다 깔아주세요!" 물론 일반석에서는 언감생심이다.

여기서 잠깐 항공 마일리지를 짚고 넘어가자. 대한항공과 아시아나항공은 2008년에 '마일리지 유효기간=10년'으로 약관을 뜯어고쳤다. 수명이 정해진 시간 상품으로 바뀐 것이다. 실제로 2019년부터 마일리지 소멸이 시작되었다. 마일리지로 국제선 항공권을 살 때 왕복이 아닌 편도로 끊어 기성비를 극대화하는 '편도 신공'도 길이 막혔다.

마일리지 소멸 시대에 임하는 태도는 뭘까. 배상준 씨

는 이렇게 말했다. "보통 '일등석이나 비즈니스석은 내가 타는 자리가 아니다'라는 선입견을 가지고 있는데 그 고정관념만 깨면 됩니다. 일등석이라고 해서 엄청난 마일리지가 들지는 않는데, 효율로 따지면 최고니까요. 비싼 호텔을 잡아도 아침에 나갔다 밤에 들어오는가 하면, 값싼 숙소에 묵어도 한 끼에 30만 원 하는 식사에 투자하는 사람도 있습니다. 나는 장거리 비행을 편하게 누리고 싶어 하는 취향이에요."

2017년 미국 캘리포니아로 닷새 동안 와인 출장을 다녀왔다. 샌프란시스코로 날아가는 보잉747 일반석. 불편한 자리와 엔진 소음 속에서도 마음이 들떴다. 기내에서 홀짝거린 저렴한 레드 와인까지 맛이 퍽 괜찮게 느껴졌다. '쾌음(快飮)'이라는 낱말이 떠올랐다.

노트북을 꺼내 미리 내려 받은 영화 '사이드웨이(Sideways)'를 재생했다. 중년이 되었으나 내세울 것 하나 없이 실망스러운 두 남자가 캘리포니아를 따라 1주일간 와인 투어를 떠나는 이야기. 난 혼자지만 그들처럼 볼품없는 중년이다. 술꾼인 후배가 "와인을 예습하기에는 최적의 영화"라고 귀띔해준 터였다. 그때까지는 몰랐다. 진탕 취하는 닷새가 될 줄이야.

캘리포니아는 미세먼지 없이 화창했다. 샌프란시스코에서 남쪽으로 2시간 달려 도착한 몬터레이. '분노의 포도' '에덴의 동쪽'을 쓴 존 스타인벡의 소설로 유명한 곳이다. 바닷가 마을 카멜은 이탈리아나 스페인 어느 도시에 들어온 느낌이다. 여행지로 유명한 몬터레이 해변과 17마일 드라이브, 페블 비치의 일몰도 아름답다.

이튿날 카멜로드 테이스팅 하우스를 방문했다. 눈앞에 베리모어(피노 그리지오), 로제(피노 누아), 카멜로드 몬터레이(피노 누아), 카멜로드(리즐링) 등 7가지 와인이 놓였다. 잔을 기울여 색깔과 투명도를 살피고, 코를 넣어 향을 맡고, 잔을 흔들어준다. 산소가 들어가야 맛과 향이 배가된다. 소량의 와인을 입안에 머금고 당도 · 산도 · 질감을 음미하며 삼킬 때 목구멍과 식도에 전달되는 뒷맛도 가늠해 보았다. 뒤로 갈수록 진하고 강하고 깊어졌다.

장거리 비행과 와인 시음에는 공통점이 있다. 예닐곱 가지 다른 와인을 연이어 마시는 것을 '비행(flight)'이라고 부른다. 비행기 환승처럼 와인을 갈아탄다는 느낌은 어렴풋이 알겠는데 정확한 배경이 궁금했다. 전문가는 농담을

예닐곱 가지 와인을 연이어 마시는 것을 '비행(flight)'이라고 한다. 애주가에게 갖가지 와인을 맛보는 것은 정말 하늘을 나는 기분일 것이다.

섞어 이렇게 답했다. "다른 용어로는 '이륙'을 할 수가 없답니다(웃음)."

와인 취향은 사람마다 다르다. 한국인은 4명 중 3명(75%)이 카베르네 소비뇽을 찾는다고 한다. 두 번째로 사랑받는 와인은 샤르도네. 마신 경험이나 습관, 대세 추종주의와도 얽혀 있다. 그런데 당시 캘리포니아 와인 투어는 주인공이 전혀 달랐다. '낯설겠지만 좋은 와인이 있는데 마셔볼래?'라는 질문과 같았다.

피노 누아(Pinot Noir). 와인에도 성별이 있다면 이 품종은 여성이다. 서늘한 기후대를 좋아하는 피노 누아는 섬세하고 예민해 재배가 어렵다. 그중에서도 몬터레이에서 생산된 카멜로드 몬터레이 피노 누아는 정용진 신세계 부회

장이 인스타그램에 올린 이런 품평 때문에 더 궁금했다.

"디캔팅을 한 뒤 마셔보았는데 꽃 향기와 버섯 향기가 어우러지고 은은한 산미가 느껴지는 맑은 루비 컬러의 와인이었습니다. 비교적 가벼운 느낌이라 다양한 요리와 두루 어울릴 것 같더군요. 가격 대비 만족도도 아주 훌륭합니다."

몬터레이에서 차로 40분 달려 카멜로드 와이너리에 도착했다. 400에이커(49만 평) 농장에 피노 누아만을 재배하고 있다. 피노는 껍질이 얇아서 습도와 열에 아주 민감하다. 이곳 피노가 유명한 것은 태평양에서 부는 밤바람이 포도알을 식혀주기 때문이다. 포도 수확은 9~11월에 하는데 열매는 작지만 밀도가 높아 단단하고 묵직하다.

와이너리 매니저 웬디 해먼드는 "오전에 태평양에서 안개가 들어오고 한낮에 온도가 올라가면 물러간다"며 "기후와 바람, 토질이 피노를 재배하기에 최적의 환경"이라고 말했다. 발효를 위한 오크통은 프랑스에서 가져와 7~9년을 쓴 다음 위스키 양조에 재활용된다. 포도알을 따 먹는 새들을 쫓기 위해 매 10마리를 훈련시키는 방식도 흥미로웠다.

사흘째 일정은 캘리포니아 북쪽 소노마 카운티의 샌타로자에서 펼쳐졌다. 유명한 캔달 잭슨 와인센터에서 22종의 포도 품종과 아로마를 확인한 뒤 와인과 음식의 페어링(짝짓기)을 경험했다. 와인 교육자 페드로 러스크는 "와인 취향을 보면 사람의 성격을 파악할 수 있다"고 했다.

포도는 지하 10미터 아래까지 뿌리를 뻗어 수분과 영양분을 먹고 자란다. 그만큼 토질이 중요하다. 미국에서 피노 누아는 캘리포니아 일부 해변 지역에서만 소량 생산되고 복잡한 풍미를 낸다. 뒷맛은 깔끔하다. 러스크는 "피노는 드라이하고 부드러운 질감에 꽃향이 난다"며 "땅속 깊은 지구의 맛을 느낄 수 있다"고 했다.

나흘째 나파 밸리로 넘어갔다. 태평양에서 불어오는 바람과 샌 파블로 만(灣)에서 발생하는 안개의 영향으로 낮에는 따뜻하고 밤에는 선선해 포도원이 400여 곳에 이른다. 1976년 '파리의 심판'으로 유명한 프리마크 아비에서 시음을 했다. 미국 와이너리 중 유일하게 화이트 와인과 레드 와인이 모두 좋은 평가를 받은 곳이다.

그날 저녁은 좀 더 많이 마셨다. 이튿날 귀국 비행기에 올라야 했기 때문이다. 일몰 시각은 7시 32분. 소노마 카운티 토박이인 운전기사 데이비드는 밤길에 운전대를 잡은 채 말했다. "수확철에는 나파 밸리 전체에 포도 냄새가 진동한다"고. 향기에 다들 취하는 셈이다. 영화 '사이드웨이'에서 피노를 광적으로 좋아하는 마일즈(폴 지아마티)는 이유를 묻자 이렇게 답한다.

"재배하기 힘든 품종이잖아요. 카베르네와는 달리 아무 환경에서나 못 자라서 끊임없이 보살펴주어야 하죠. 시간과 공을 들여야 포도알이 굵어지고 그렇게 잘 영글면 그 맛과 오묘한 향이 태곳적 아름다움을 느끼게 해줘요."

이 영화를 보고 와인의 삶을 찬미하게 되었다. 포도는 거칠고 활력이 넘치는 토양에서 자라고 양조를 거쳐 숙성되지만 따는 시기에 따라 맛은 변화무쌍하다. 최고의 순간을 뽐내고는 삶을 마감한다. 인생과 닮아 있다.

돌아오는 기내에서 숙취로 자다 깼다. 모니터에는 '목적지까지 남은 거리 7654km'라고 찍혀 있었다. 영원히 끝나지 말았으면 하는 여행이 있다는 사실을 실감했다. 손가락은 벌써 승무원 호출 버튼을 누르고 있었다. 술기운이 필요했다.

04

복도석에 앉을까, 창가석에 앉을까

불편을 최소화하고 **편안을 최대화한** 자리 찾기

Go To Traval!

영국 히드로 공항에서 30년 넘게 구두를 닦은 더들리 매스터스는 하루에 약 60켤레의 새로운 구두와 마주한다. 사람들은 아무 때나 구두를 닦지 않는다고 그는 말한다. 과거에 밑줄을 긋고 싶을 때, 외적인 변화가 내적인 변화를 자극할 수도 있다는 희망을 품을 때 구두를 닦는다. 알랭 드 보통이 쓴《공항에서 일주일을》에 나오는 이야기다.

구두 수선공은 구두만 봐도 그 주인을 가늠한다. 굽 바깥쪽이 닳는 사람은 외향적이고 안쪽이 닳으면 소극적이다. 심장병이 있는 사람은 구두를 끌고 다녀 굽이 잘 안 닳고 보푸라기가 생긴단다. 당뇨 환자는 소변에 당분이 많아 구두에 먼지가 더 달라붙고 얼룩덜룩하다. 구두끈을 바짝 당겨 매는 사람은 성정이 바르거나 깐깐한 편이다.

앉는 자리가 그 사람을 말해줄 수도 있다. 비행기에서는 더더욱 그렇다. 같은 공간에서 시속 900킬로미터로 날아가지만 일등석과 일반석은 조건이 하늘과 땅 차이다.

일반석 안에서도 어떤 자리는 상대적으로 편하고 어떤 자리는 더 악조건을 감내해야 한다. 더욱이 10시간 넘는 장거리 비행이라면 어디에 앉느냐가 전체적인 만족도를 좌우할 수 있다.

다국적 온라인 여행사 익스피디아가 한국·미국·중국 등 세계 22개국 회원 1만2026명을 대상으로 조사한 '항공여행 보고서'를 2016년 초 발표했다. 가장 중요한 기내 서비스나 시설이 무엇인지 묻는 질문에 한국인 (500명·복수응답)의 41%는 '넓은 좌석'이라고 답했다. '기내식'이라는 응답이 25%, '다리 뻗을 공간'이라는 응답이 23%로 뒤를 이었다. 가장 비중이 적은 항목은 '복도석'(6%)이었다.

국적별로 편차가 있었다. 미국인(500명)은 '다리 뻗을 공간'(31%) '기내식'(30%) '넓은 좌석'(26%) 순으로, 중국인은 '기내식'(48%) '빠른 와이파이 서비스'(39%) '넓은 좌석'(32%) 순으로 답했다. 서양인은 동양인보다 체구가 크고 롱다리이기 때문에 다리 뻗을 공간에 집착하고, 중국인은 비행기에서도 먹는 게 무엇보다 중요한 셈이다.

시트구루닷컴(seatguru.com)에 접속하면 세계 주요 항공사의 기종별 좌석 배치도를 상세히 볼 수 있다. 인천~뉴욕을 운항하는 대한항공 A380(2층 구조로 총 407석)의 경우 일등석(1층 앞쪽 12석)은 앞뒤 좌석 간격이 83인치에 좌우 폭은 26.5인치다. 비즈니스석(2층 전체 94석)은 74인치에 21.6인치, 일반석(1층 나머지 301석)은 33~34인치에 18인치로 비좁다. 일등석과 비즈니스석은 뒤로 180도 젖혀지지만 일반석은 121도까지만 허용된다. 좌석당 면적은 일등석이 5.2제곱미터로 일반석(0.8제곱미터)보다 6.5배나 넓다. 승객 대부분은 '0.24평의 감옥'에 갇혀 있는 셈이다.

장거리 비행은 좌석을 고르는 것부터 시작된다. 일등석이나 비즈니스석은 옆으로 밀쳐두자. 좌석 업그레이드 없이는 그들만의 리그니까. 좁은 공간에 다닥다닥 붙어 있어 '소떼 클래스'(cattle class)라 불리는 일반석에도 이른바 '명당'이 있다. 의자 빼앗기 싸움과도 같다. 이를테면 앞서 언급한 인천~뉴욕 대한항공과 달리 아시아나항공은 같은 A380을 운용하면서 2층에도 일반석을 둔다. 좌식이 2-4-2 배열로 일행 둘이 앉아가기 편해 선호도가 높다. 2층 창가석은 창 옆에 짐칸이 있어 머리 위 짐칸보다 간편하다는 장점이 추가된다.

승객은 저마다 비행 목적부터 동반자 여부, 신장(다리 길이)과 몸집, 취향 등이 다르기에 나에게 좋은 자리가 남에게도 반드시 좋은 자리는 아니다. 바꿔 말하면 최적의 자리는 사람마다 달라질 수 있다. 하지만 대체로 동의할 만한 상식은 존재한다. 그 경우의 수를 하나씩 짚어본다.

비상구 옆 좌석은 최고의 명당으로 알려져 있지만 특별한 조건이 있어야 앉을 수 있다. 비상시 승무원을 도와 다른 승객의 탈출을 도울 수 있는 사람에게 배정된다. 외국 항공사에서는 영어로 의사소통이 가능한지 여부를 확인하기도 한다. 다리를 마음껏 뻗을 수 있고 좌석을 드나들 때 옆 승객 눈치를 보지 않아도 되는 게 장점이다. 단, 이착륙할 때 소지품을 내려놓을 수 없고 테이블과 모니터를 팔걸이에서 빼야 하는 불편은 감안해야 한다.

복도석이 좋을까 창가석이 좋을까. '짜장면이냐 짬뽕이냐' '프라이드냐 양념이냐' 수준의 난제로 꼽힌다. 불행히도 기내에는 '반반'이 존재하지 않는다. 최소 두세 번은 자리에서 일어나야 하는 장거리 비행의 경우 복도석을 선호한다는 의견이 많다. 좌석 배열이 3-3-3이라면 가운데 섹션에 있는 복도석이 좌우 창가쪽 섹션에 있는 복도

최소 두세 번 자리에서 일어나야 하는 장거리 비행에서 자유롭게 드나들 수 있다는 것이 복도석의 매력. 특히 창가 섹션이 아닌 가운데 섹션의 복도석은 '최고의 복도석'이라 할 만하다.

석보다 낫다. 정중앙에 앉은 승객이 화장실로 이동하느라 당신을 방해할 확률이 50% 줄어들기 때문이다. 왼쪽이나 오른쪽 섹션에 놓인 복도석은 창가 쪽으로 앉아 있는 두 승객의 출입구라서 훨씬 더 성가시다. 마찬가지 이유로 좌석 배열이 3-4-3(흔히 ABC-DEFG-HJK로 구분)이라도 가운데 섹션에 있는 복도석(D 또는 G)이 낫다.

기내식이 서비스되고 승객 절반이 식사를 시작하면 복도석의 장점이 드러난다. 화장실 앞이 북적이며 인기(?) 공간으로 돌변할 것이다. 개중에는 장시간 화장실을 독점

승객 절반 이상이 식사를 하면 화장실 앞은 '핫플레이스'로 돌변한다. 승무원의 서빙이 없는 동안 복도석에서는 화장실로의 '직항'이 가능하다.

하다시피 이용하는 사람도 있다. 복도석에 앉으면 승무원이 서빙을 마치고 트레이를 회수하러 오기 전까지 통로가 비어 있을 때 화장실로 직행하기 편하다. 신이 준 기회다.

비행기는 '날개 달린 버스'라는 말이 있듯이 탑승한 머릿수는 상당하다. 남보다 천천히 식사할 경우 화장실에 들어갈 '골든타임'을 놓칠까 봐 불편한 시간을 보내야 한다. 기내식 서비스가 내 자리에 도착하기 전 통로가 확보되어 있을 때 다녀오는 것도 좋다. 화장실 앞에서 기다리는 여섯 번째 승객이 되는 것이야말로 더 짜증나는 일이

숙면에 많은 가치를 두는 승객이라면 창가석을 선택해야 한다. 옆 승객 때문에 방해받을 일도 없고, 창가 쪽 공간에 머리를 괼 수도 있다.

니까. 또 남보다 훨씬 먼저 들어간다면 화장실 상태도 청결할 것이다.

장거리 비행에도 화장실 이용이 빈번하지 않은 승객이라면 창가석도 나쁘지 않다. 일단 이착륙할 때 전망(view)이 확보된다. 장시간 숙면을 취하기에도 좋다. 창가 쪽으로 머리를 괼 여유 공간이 있기 때문이다. 옆 승객이 방해하는 일도 없을 것이다. 그런 장점들이 화장실에 갈 때마다 겪어야 하는 불편을 상쇄할 수 있다고 판단한다면 창가석을 잡아야 한다. 특히 밤 비행기라면 서비스보다 수면이 더 중요하기 때문에 복도석보다 창가석을 선호한다.

그런데 창가석이라고 다 똑같지는 않다. 비행기 날개 옆 창가석은 웅웅거리는 엔진 소음이 더 크게 들리고 날개가 전망을 방해한다. 비행기 뒤쪽 창가석은 동체의 몸통이 좁아지면서 자리 옆 여유 공간도 덩달아 줄어든다. 반전도 있다. 국내 항공사에서 운항 중인 B747-400의 경우 맨 뒤쪽 네 자리는 2-4-2로 자리가 배열되어 창가석이 더 넓어진다. 커플이 오붓하게 앉기에 그만이다.

벌크석(bulkhead seat)이란 객실을 구분하는 벽이나 커튼 뒤에 자리 잡은 좌석이다. 상대적으로 넓다. 앞에 아무도 없다는 건 짜증나게 하는 사람이 50% 줄어든다는 뜻이다. 아기를 동반하고 있다면 이곳이 명당이다. 벌크석은 다리를 쭉 뻗을 공간이 있고 벽에 요람 설치도 가능하다. 앞 승객이 '매우 이기적인 각도로' 의자를 젖히는 바람에 짜증날 일도 없다.

하지만 기내 불만족 조사에서 빠지지 않고 지적되는 게 '아기 울음'이다. 비행기 안에 '아이 없는 구역(kid-free zone)'을 만들어야 한다는 요청도 있다. 벌크석에서는 엔진보다 시끄러운 소음(아기 울음)을 각오해야 한다. 밤 비

창가석, 복도석 논쟁을 초월하여 비행의 최대 변수는 아기! 어떤 성격의 아기가 지금 어떤 기분으로 내 주변에 탑승할지는 그야말로 복불복이다.

행기라면 최악의 경험이 될 수도 있다. 그곳에 아기가 있을지 없을지는 말 그대로 복불복이다. 울음소리를 피하고 싶다면 벌크석에서 멀찍이 떨어진 자리를 예약해야 한다.

앞쪽 열이 나을까 뒤쪽 열이 나을까. 대체로 앞쪽 열에 있는 좌석일수록 기내 서비스를 먼저 받고 빨리 내릴 수 있다는 장점 때문에 선호도가 높다. 귀국편은 더더욱 그렇다. 난기류에 예민하다면 날개 옆에 있는 자리를 추천한다. 비행기 앞쪽이나 꼬리 부근보다 상대적으로 흔들림이 적다. 꼬리 부근은 단점만 두드러진다. 원하는 기내식 메뉴가 품절될 수도 있다.

A380의 경우 길이가 73미터, 날개폭은 80미터에 이른다. 한국에서 북미까지 장거리 비행을 할 경우 항공유 20만 리터 이상이 필요하다. 승용차 2000~3000대를 가득 채울 수 있는 양이다. 그 많은 연료는 주로 날개 부분에 탑재된다. 날개 밑에 주유구가 있다. 그래서 날개 근처의 좌석들은 85데시벨 이상의 엔진 소음 때문에 더 시끄럽다. 상대적으로 출렁거림은 적으니, 하나를 얻는 대신 하나를 잃는 셈이다.

화장실과 갤리 옆 좌석은 냄새가 나고 번잡스럽다. 사람이 자주 들락거리거나 승무원들이 모여 수다를 떨기도 한다. 화장실을 등지고 있는 자리는 뒷사람 눈치를 보지 않아도 되는 장점이 있는 반면 기종에 따라서는 되레 등받이가 덜 젖혀지는 단점도 있으니 사전 점검이 필요하다. 역발상도 물론 가능하다. 기피하기 때문에 옆 자리가 빌 확률이 높아지는 것이다. 무엇을 희생하고 무엇을 누릴까의 문제다.

비행기에서 가장 안전한 자리도 있을까? 뜻밖의 사고를 걱정하는 승객도 있다. 2015년 미국 시사주간지 타임은 35년치 자료를 분석해 "비행기 뒤쪽 좌석에 앉으면 추락 사고에서 생존할 확률이 더 높다"고 보도했다. 참고로 블랙박스는 추락의 충격을 가장 적게 받는 꼬리 날개 부근에 탑재되어 있다. 하지만 2008년 영국 그리니치대학 연구진은 "비행기에서 가장 안전한 자리는 비행기 앞쪽 중에서도 비상구로부터 5열 이상 떨어지지 않은 자리"라고 주장했다. 또 미국 온라인매체 파퓰러메카닉스는 "날개 뒤쪽에 있는 복도석이 최고의 생존율을 보장한다"고 보도했다. 따라서 어느 자리가 더 안전한지는 불명확하다. 단, 신속한 탈출에는 복도석이 유리할 것이다.

오늘날 비행기 사고 사망자는 해마다 1000만 명당 1명 정도로 위험도가 낮아졌다. 로또 1등에 당첨되거나 벼락에 맞아 죽을 확률과 비슷하다. 엔진이 두 개 달린 여객기의 경우 하나가 멈추어도 나머지 엔진만으로도 최소한 3시간은 비행할 수 있다고 한다. 따라서 걱정은 붙들어 매시길. 사고 때문에 비행기 타기 무서운 사람이라면 횡단보도를 건너기도 어려울 테니까.

예약 전에 항공사 기종별 좌석 배치도와 자세한 팁을 공유하는 시트구루닷컴을 참고해 좌석의 특징을 파악하는 게 좋다. 같은 항공편 같은 클래스라도 자리마다 분위기가 사뭇 다를 수 있다. 조용한 자리들은 비행기 앞쪽에 있지만 일등석이나 비즈니스석이 점령하고 있을 가능성이 높다. 머리 위 짐칸에 넣을 짐이 많다면 대체로 먼저 탑승하는 뒤쪽 자리가 낫다. A380의 경우 1층 일반석이 나은가 2층 일반석이 나은가 묻는다면 답은 2층이다. 좌석 배열이 3-4-3인 1층과 달리 2-4-2라서 승객 밀도가 낮고 더 조용하다.

시트 리클라인(seat recline)은 좌석 등받이가 뒤로 젖혀지는 각도, 시트 피치(seat pitch)는 앞뒤 좌석간 거리, 시트 위스(seat width)는 양쪽 팔걸이 사이의 폭을 가리킨다. 일반석은 등받이가 완전히 젖혀지지 않아 불편을 겪는다. 젖히지 않는 게 에티켓이라는 주장도 있지만 배려일 뿐 규칙은 아니다. 시트 피치는 클수록 공간이 넓고 작을수록 이코노미클래스증후군에 시달릴 가능성이 높다. 항공사와 기종별로 고작 몇 센티미터 차이지만 체감하는 안락함의 차이는 극명하니까 가장 먼저 확인해야 한다. 시트 위스는 옆 승객 덩치가 클수록 더 실감하는 수치다. 일반석의 평균 시트 위스는 43센티미터다.

3-5-2, 4-4-2와 같은 축구 전술 못지않게, 기내 좌석 배치가 3-3-3이냐 3-4-3
이냐에 따라 이코노미석 승객의 비행은 극과 극의 차이를 낳을 수 있다.

　어떤 항공사에는 프리미엄 일반석도 있다. 에어프랑
스 프리미엄 일반석은 비행기 앞쪽 비즈니스석과 일반석
사이에 독립된 캐빈으로 자리 잡고 있다. 3열의 좌석 배
열로 일반석보다 40% 더 넓은 코쿤식 좌석을 마련하여
더 넓은 개인 공간을 제공한다. 가죽 머리 받침대와 다리
받침대가 여러 각도로 조절되어 편안하게 여행할 수 있
다. 12인치 개인 HD 터치스크린과 넓은 테이블, 소음감소
헤드폰, 개인 독서등, 전기 콘센트, USB 포트와 노트북 전
원이 제공되어 여유 있게 업무를 볼 수도 있다. 루프트한
자 프리미엄 일반석은 등받이가 130도까지 젖혀지고 특

자신의 성향(화장실과 숙면 중 최고 가치)과 비행 일정(출발시간이 낮인지 밤인지)을 따져보면 나에게 딱 맞는 최적의 자리를 찾을 수 있다.

별히 디자인한 자기 그릇에 기내식을 서비스한다.

최악의 자리는 짐작하다시피 낀 좌석이다. 복도석처럼 들락거리기 편하지도 않고 창가석처럼 전망이 좋다거나 기대어 자기 편한 것도 아니다. 장점은 없고 갑갑하다는 단점만 두드러진다. 좌우 승객과 팔걸이를 서로 차지하기 위해 신경전을 벌여야 하고, '교통 정체'에도 시달리는 자리다. 단, 좌석 배열이 3-4-3일 경우는 가운데 섹션에 있는 낀 좌석이 좌우 창가쪽 섹션의 낀 좌석보다 덜 불편하고 잠을 자기도 좋다.

이렇게 낀 좌석에 앉느니 공항호텔에서 하룻밤을 보내고 다음날 첫 비행기를 타는 게 낫다는 승객도 있다. 내 좌우에 앉은 승객이 둘 다 체형이 큰 데다 참견하기 좋아하는 성격이라고 상상해보라. 10시간 비행은 그야말로 끔찍할 것이다. 그러니 긍정적으로 생각하자. 최적의 자리를 붙잡지는 못했지만 이런 경우만 아니라면 조금이나마 위안이 될 테니까.

같은 보잉777 여객기도 항공사에 따라 일반석을 3-3-3 또는 3-4-3으로 배열한다. 대수롭지 않아 보일 수도 있지만 굉장히 큰 차이다. 당신이 앉은 열에 한 승객이 더 끼어든다고 생각해 보라. 수용인원이 많을 때 긍정적인 측면은 항공권 가격이 낮아질 수 있다는 점이다. 부정적인 측면은 말해 무엇 하나. 통조림통에 갇힌 느낌일 것이다. 장거리 비행이라면 매우 불쾌한 악조건이다.

앞서 안내한 시트구루닷컴에 접속하면 항공기별로 좋고 나쁜 자리를 파악할 수 있다. 항공사명, 항공편 번호, 탑승일자를 차례로 입력하고 좌석 지도를 클릭하면 된다. 좋은 좌석은 초록색, 나쁜 좌석은 빨간색으로 표시되며 노란색은 특이사항이 있는 좌석을 뜻한다. 각 좌석에 마우스 커서를 올리면 개인 모니터 유무, 콘센트 등 해당 좌석에 대한 설명도 볼 수 있다.

기내 베스트셀러는 따로 있다

공항과 비행기 안에서 **잘 읽히는 책**의 조건

Go To Traval!

여행길에 슬며시 들여와 자리를 차지하는 책이 있다. 출발 게이트에 도착하기 직전 공항 서점에서 구매하기도 한다. 진지한 책은 결코 아니다. 10시간 비행에 《율리시스》나 《파우스트》나 《토지》는 어울리지 않으니까. 공항이나 기내에서 가볍고 읽히는 장르는 따로 있다.

우리는 그것을 '공항 소설'(airport novel)이라고 부른다. 인천공항에는 K북스(경인문고)가 운영하는 서점이 여덟 개 있다. 출국층(3층)에 일곱 개, 입국층(1층)에 하나다. 개중에 큰 매장이 20평 규모지만 판매되는 책은 약 1만 종에 이른다. 2017년 출국하는 길에 12번 게이트 앞에 있는 K북스에 들렀다.

입구에 놓인 베스트셀러 코너 외에 크게 소설과 경제·경영, 인문·역사 세 분야로 중앙 서가를 구성했다. 벽면은 여행안내서, 어학, 취미실용, 비소설 등이 에워싸고 있었다. 김진명, 요나스 요나손, 이원호, 박완서, 이외 수, 최인호, 조정래 등 인천공항에서 잘 팔리는 작가는 따로 코너를 만들어 진열했다. 그중에서 으뜸은 누구일까? 놀라지 마시라. 면적으로나 종수로나 이원호다.

이원호는 정의로운 조직폭력배가 사회악을 일소한다는 '밤의 대통령'을 비롯해 '강안 남자' '왕국의 비밀' 등을 쓴 대중문학 작가다. 그에게는 '밤의 이문열'이라는 별명이 붙어 있다. 간결하고 힘 있는 문체, 스케일이 큰 구성, 속도감 넘치는 전개로 사랑받는다. 기내에서 승객을 끌어당길 만한 요소들이다.

"요즘 가장 잘 팔리는 소설은 무엇인가요?"

탑승을 1시간 앞두고 지루한 비행을 달래줄 책을 갈망하는 승객의 표정으로 K북스 직원에게 넌지시 물었다. 그런 기회를 한 번도 놓쳐본 적 없다는 듯이 그녀가 즉답했다. "판매량으로는 단연 이원호 소설입니다. 추리물을 찾으신다면 히가시노 게이고 신작이 최근에 나왔어요."

히가시노 게이고는 《나미야 잡화점의 기적》《용의자 X의 헌신》 등으로 기억되는 작가다. 얼결에 신작이라는 그 소설 《기린의 날개》를 계산대로 가져갔다. 일본 도쿄 니혼바시에서 중년 남성이 피를 흘리며 쓰러진다. 흉기에 찔린 채로 기린상(像) 앞까지 걸어간 그와 살인 용의자에게 숨겨진 진실을 추적하는 형사들의 이야기다.

공항 소설은 특별한 목적에 봉사한다. 영화 '곡성'에서 무당 일광(황정민)의 대사를 빌리면 그 책이 '미끼를 던져 분 것이고 승객은 고것을 확 물어분 것'이다. 어떤 소설이 공항에서 생존하려면 이렇게 독자를 감아올려야 한다. 예고 없는 출발 지연과 난기류, 엔진 소음이나 옆 승객의 수다에도 아랑곳하지 않을 만큼 책장이 바삐 넘어가야 한다.

그날 활주로에서 이륙한 비행기가 랜딩기어를 접기도 전에 《기린의 날개》 89쪽을 읽고 있었다. 문체의 미학 때문이 아니라 속도감과 이야기의 흡인력이 독자를 빨아들였다. 영화화를 염두에 둔 듯이 시퀀스처럼 짜인 구성도 가속도를 붙이는 데 한몫 거들었다.

위키피디아는 '공항 소설'을 이렇게 정의한다. 대체로 두껍지만 속도감이 있고, 여행객들이 비행기 안팎에서 앉아 있거나 기다리면서 읽는 소설. 프랑스에서는 일찍이 '철도 소설'로 불린 장르와도 흡사하다. 공항 소설이 너무 철학적이거나 심오하다면 자격이 없다. 읽고 쓰레기통에 던져버려도 아깝지 않아야 한다.

인천공항에 있는 8개의 서점. 이곳의 베스트셀러를 눈여겨보면 '이색적인 독서시 장'이 있다는 걸 알게 된다.

'공항 소설'로 불리기 위해서는 두 가지 미덕을 갖추어야 한다. 하나, 대체로 두껍지만 속도감 있게 읽을 수 있다. 둘, 다 읽고 난 뒤에 쓰레기통에 던져버려도 아깝지 않다.

이 장르도 독서 패턴과 시장의 변화에 따라 과거의 영광을 잃어가는 중이다. 출발 게이트에서 승객들은 책이나 신문, 잡지 대신에 이젠 스마트폰이나 태블릿에 빠져 있다. 전자책을 읽는 사람도 있을 테지만 극소수다. 이륙하면 몇 시간 동안 중단될 와이파이에 폭풍처럼 매달리며 뭔가 검색하고 있거나 곧 연락이 끊길 가족이나 친구와 카톡을 하느라 바쁘다. 하지만 체념할 필요는 없다. 종이책만이 지닌 물성과 촉감은 사라지지 않을 테니까.

인천공항 K북스의 베스트셀러나 스테디셀러 목록은 서울의 대형 서점과는 사뭇 다르다. 가벼운 추리소설과 진지한 인문서가 붙으면 언제나 추리소설이 완승을 거두는 곳이 공항 서점이다. 비행기 탑승을 한두 시간 앞두고 서점에 들른 승객은 시사·교양 잡지를 고른다. 공항에서 잘 팔리는 월간지 〈좋은 생각〉은 아예 계산대 옆에 쌓여 있다. 여행영어 관련서도 계절과 관계없이 꾸준히 팔린다.

2017년 K북스에 의뢰해 인천공항 스테디셀러 목록을 뽑았다. 2016년 4월부터 2017년 3월까지 1년치를 들여다보았고 잡지류는 제외했다. 대형 서점 스테디셀러와 겹치는 책은 3분의 1 정도였다. 공항서점을 이용하는 독자의 취향과 특징이 읽혔다. 1~20위의 제목과 그 분야는 이랬다.

1. 채식주의자/한국소설

2. 설민석의 조선왕조실록/한국사

3. 하버드협상수업/성공처세

4. 종의 기원/한국소설

5. 오베라는 남자/외국소설

6. 나미야 잡화점의 기적/외국소설

7. 지적 대화를 위한 넓고 얕은 지식/인문

8. 어떻게 인생을 살 것인가/성공처세

9. 글자전쟁/한국소설

10. 낭만적 연애와 그 후의 일상/외국소설

11. 일상여행영어/영어회화

12. 조선이 버린 천재들/옥당

13. 중국 vs 아시아 그 전쟁의 서막/정치외교

14. 마흔에 읽는 손자병법/성공처세

15. 라플라스의 마녀/외국소설

16. 싸드/한국소설

17. 이기는 대화/성공처세

18. 지적 대화를 위한 넓고 얕은 지식(철학 외)/인문

19. 1등의 대화 습관/성공처세

20. 동시통역 중국어회화/중국어

이 리스트에서 30위 안에는 《대통령의 글쓰기》(22위) 《창문 넘어 도망친 100세 노인》(24위) 《테슬라 모터스》(26위) 《국가란 무엇인가》(27위) 《총, 균, 쇠》(28위) 등도 들어 있었다. 2001년 인천공항이 개항 전 말뚝 박을 때부터 여기서 일했다는 윤병수 K북스 인천공항점장은 "물량과 광고가 많은 대형서점과 비교하면 공항은 청정구역"이라며 "30대 후반부터 50대 초반까지 남성 독자를 중심으로 경제 · 경영, 자기계발, 인문 · 역사 분야의 책이 시중보

다 많이 판매된다"고 했다.

"독자층이 고급스러운 편입니다. 태국·필리핀 3박 4일 관광객은 책 안 사고요. 업무 출장 가시는 분, 정·관계나 아무래도 장거리 노선 탑승객이 핵심입니다. 교양·시사 잡지 판매량도 인천공항이 전국 넘버원이에요. 스마트 기기 영향도 있고 독서 인구 자체가 감소한 데다 한한령(限韓令·한류 제한 조치) 분위기도 있지만 계속 꾸준한 책들이 있습니다."

인천공항 서점이 붐비는 시간대는 오전 7~9시, 오전 11시~오후 1시, 저녁 5~7시다. 여자는 소설이나 에세이를, 남자는 경영서나 인문서나 '이원호 부류'를 주로 산다고 한다. 추리물은 남녀 구분이 없이 잘 나간다. 손님 중 외국인 비중은 약 20퍼센트라고 했다. 윤병수 점장은 "이곳은 시중 베스트셀러를 좇지 않고 진열이나 노출 빈도가 판매량에 큰 영향을 미친다"며 "매장 위치가 수요를 반영하는데 출국장에서 매출의 90% 이상이 발생하고 입국장에서는 미미하다"고 했다.

항공 여행에서 우리가 피할 수 없는 가장 대표적인 행동은 앉아 있기와 기다리기다. 공항과 기내에서 그렇게 흘려보내는 '죽은 시간'이 아까울 수 있다. 그래서 평소 좀처럼 소설을 읽지 않는 사람도 휴가철 해외여행을 앞두곤 장바구니에 책을 담는다. 2017년 온라인서점 예스24에 의뢰해 '해외여행과 기내에서의 독서취향' 설문조사를 했다. 1708명(여성 1198명)이 응답했다.

'기내에서 읽고 싶은 해외 작가' 문항에서 1위는 297표(17%)를 얻은 무라카미 하루키였다. 기욤 뮈소(296표)를 한 표 차이로 제쳤다. 히가시노 게이고(200표), 베르나르 베르베르(193표), 조앤 롤링(165표), 알랭 드 보통(126표), 파울로 코엘료(95표)가 차례로 3~7위에 이름을 올렸다. 이들은 모두 공항 서점에 자기 코너를 가질 만한 작가들이다. 기내는 물론 여행지에 가서 읽기에도 무난하다.

《노르웨이의 숲(상실의 시대)》《1Q84》《직업으로서의 소설가》 등을 쓴 무라카미 하루키와 현재 《브루클린의 소녀》《당신, 거기 있어줄래요?》로 기억되는 기욤 뮈소는 책장이 바삐 넘어가는 '페이지 터너(page-turner)'다. 《나미야 잡화점의 기적》의 추리작가 히가시노 게이고를 비롯해 《해리포터》의 조앤 롤링, 《제3인류》의 베르나르 베르베르, 《여행의 기술》의 알랭 드 보통, 《연금술사》의 파울로 코엘

독자가 기내에서 읽고 싶어하는 해외작가의 상위 랭크 작가들(파울로 코엘료, 베르나르 베르베르, 기욤 뮈소). 이들의 소설은 기내뿐 아니라 여행지에서도 읽기 좋다는 공통점이 있다.

료도 꾸준히 많이 읽히는 스테디셀러 작가로 꼽힌다.

비행기 좌석은 좁고 불편하다. 엔진 소음과 난기류, 아기 울음과 옆 승객의 수다가 몰입을 방해한다. 독서는 이런 악조건을 견디면서 그 시간을 활용하는 수단이다. 응답자들은 '좋아하는 작가라서'(40%) '재미있어서(29%)' '쉽게 읽혀서'(15%) '평소 읽고 싶은 책이라서'(8%) 같은 이유로 특정 작가의 책을 선호했다.

설문조사에서 '해외여행을 갈 때 반드시 책을 챙겨간다'(597명)와 '챙겨가는 편'(584명)이라는 응답을 합치면 1181명(69%)에 달했다. 1112명(65%)은 '장거리 비행의 경우 기내에서도 책을 읽는다'고 답했다. 여행 가방에 넣을 책을 고르는 기준으로는 '작고 가벼워야 한다'(39%) '평소 읽고 싶었던 책'(36%) '술술 읽히는 책'(20%) 등이 꼽혔다. 장르로는 여행서, 소설, 에세이, 잡지 등이 인기였다.

예스24 도서팀장은 "늘 책을 읽는 분들 말고 여행에 '1권 가져가보고 싶다' 생각하는 분들은 베스트셀러를 선호하고, 그 중에서도 끊어서 읽을 수 있는 짧은 호흡의 에세이를 챙겨간다"며 "특히 무라카미 하루키는 여행 에세이의 대가라서 해외여행에 편하게 들고 가는 것 같다"고

남녀노소 할 것 없이 떠나는 사람들은 책을 챙긴다. 이야기는 '여행의 짐'이 아니라 '여행의 힘'이다.

설명했다.

하루 1000대의 항공기가 뜨고 내리는 인천공항은 혼잡하다. 모니터는 줄기차게 비행편과 목적지를 토해낸다. 뉴욕 런던 파리 라스베이거스 암스테르담 이스탄불 프라하 시애틀 카이로…. 떠나는 사람들은 책을 챙긴다. 이야기는 짐이 아니고 힘이다. 인도 델리행 AI317편에 오르기 전 무라카미 하루키의 산문집《채소의 기분, 바다표범의 키스》와 잡지 3권을 산 청년처럼, 긴 배낭여행이라면 더더욱 그렇다.

잠재적 고객으로서 인천공항 K북스에 작은 불만이 하나 있다. 우리나라 공항 서점들은 왜 정기적으로 기내에서 읽을 만한 책을 선정해 발표하지 않는 것일까. 나라면 여름이나 겨울 휴가철을 앞두고 그런 목록을 뽑아 책을 진열하고 싶어질 것 같다. 그것은 단순한 판촉 활동이 아니다. 단거리든 장거리든 비행을 앞둔 승객에겐 반가운 말 걸기이자 위로가 될 수 있다. 그 책이 엔진 소음과 허리 통증을 말끔히 잊게 해준다면 얼마나 고마운 일인가.

06

Thank you for the music

'0.24평의 감옥'에서 벗어나는 탈출구

Go To Traval !

"나는 서른일곱 살이었고, 그때 보잉 747기의 좌석에 앉아 있었다. 거대한 비행기는 두꺼운 비구름을 뚫고 내려와 함부르크 공항에 막 착륙하려 하고 있었다. 십일월의 싸늘한 비가 대지를 검게 물들이고, 비옷을 입은 정비공들과 밋밋한 공항 빌딩 위에 서 있는 깃발들과 BMW의 광고판 같은 이런저런 것들이 플랑드르파 화가들의 음울한 그림의 배경처럼 보였다. 맙소사, 또 독일인가, 하고 나는 생각했다. 비행기가 착지를 완료하자 금연 사인이 꺼지고 기내 스피커에서 작은 소리로 배경음악이 흐르기 시작했다. 그건 어떤 오케스트라가 감미롭게 연주하는 비틀스의 '노르웨이의 숲'이었다. 그 멜로디는 늘 그랬듯이 나를 혼란스럽게 만들었다. 아니, 평소와는 비교도 안 될 정도로 격렬하게 나를 흔들어놓았다."

무라카미 하루키가 지은 소설 《상실의 시대》(1987)는 이렇게 시작된다. 주인공 와타나베는 독일 함부르크 공항으로 착륙을 준비 중인 보잉747 안에 있다. 기내에서 어느 오케스트라가 클래식 연주로 편곡한 비틀스의 '노르웨이의 숲'이 흘러나올 때 그는 한 여자가 남긴 간절한 부탁을 떠올린다. 18년 전 추억 속으로 빨려 들어간다.

비틀스가 부른 노래 '노르웨이의 숲'에는 존 레넌의 실패담이 배어 있다. 어떤 여자 집에 놀러가 달콤한 하룻밤을 꿈꾸며 새벽까지 와인을 마셨으나 홀로 욕조에서 잠들고 말았다. 아침에 깨어 보니 여자는 벌써 나가고 없었다. 노랫말은 그래서 여자가 자랑하던 노르웨이산 가구에 불을 붙여 복수한다는 내용이다. '노르웨이의 숲'이라는 제목은 뭐랄까 신비한 상상력을 자극하지만 사실은 싸구려 소나무 목재(가구)를 뜻한다.

소설 '상실의 시대'에 노르웨이는 등장하지도 않는다. 하지만 하루키는 긴 이야기를 시작하는 입구에서 그 음악을 슬쩍 밀어 넣으면서 독자를 낚아챈다. 거기서 끝이 아니다. 이 소설은 '줄리아' '미셸' '히어 컴스 더 선'을 비롯해 비틀스의 멜로디를 주크박스처럼 들려준다.

장거리 비행에도 음악이 필요하다. 기내 엔터테인먼트 시스템에는 클래식, 팝송, 재즈, 한국가요 등 다양한

비 내리는 공항에 도착하면 차창 밖의 세계가 평소보다 더욱 낯설게 느껴진다. 이런 낯선 시각에 비틀스의 음악이 청각을 일깨우면서 《상실의 시대》의 주인공이 추억 속으로 빠져드는 공감각이 빚어졌다. 음악은 이 남자의 긴 이야기로 들어가는 열쇠이다.

장르의 음악이 셀 수 없이 많이 들어 있다. 10시간이면 600분이다. 그 시간을 음악으로 환산해보자. 한 곡의 길이를 4분으로 어림잡으면 한 시간에 15곡을 들을 수 있다. 두 시간이면 뮤지컬 사운드트랙 하나를 거에 담을 수 있는 셈이다. 지루한 기내에서 이만하면 횡재 아닌가?

20년 기자 이력의 절반에 가까운 기간 동안 뮤지컬을

담당했다. 2008~2010년에는 한국뮤지컬대상 심사위원을 맡았다. 비행기를 띄우는 게 엔진과 날개라면 뮤지컬에서는 음악이 절대적이다. 프랑스 작가 빅토르 위고는 음악이 왜 필요한지 묻는 질문에 이렇게 매혹적인 답을 들려주었다. "음악은 말로 담을 수 없는 것, 그렇다고 침묵할 수도 없는 어떤 것을 표현한다."

장거리 비행에서는 책을 읽다가도 이내 피곤해진다. 해외 출장이나 여행을 떠나기 전에 꼭 챙기는 게 하나 더 있다. 무게라곤 1그램도 없는 필수품, 바로 음악이다. 여정 중에 들을 나만의 뮤직 리스트를 스마트폰에 담는다. 신곡이 필요하면 그때그때 음원을 내려 받는다. 노이즈 캔슬링 헤드폰(noise-cancelling headphone)까지 배낭에 넣으면 탑승 준비 완료다.

사람마다 취향에 맞는 뮤직 리스트가 따로 있기 마련이다. 나는 장거리 비행을 할 때 뮤지컬 음악을 종종 듣는다. 성공한 뮤지컬은 저마다 귓바퀴에 맴도는 삽입곡을 품고 있다. 그 노래를 재생하면 조건반사처럼 뮤지컬의 어느 장면이 눈앞에 펼쳐진다. 시간 가는 줄 모르고 듣게 된다. 10시간 비행은 계획하기에 따라 궁극의 뮤지컬 여

장거리 비행에서 절대 빠트릴 수 없는 필수품, 노이즈 캔슬링 헤드폰(noise-cancelling headphone)!

행이 될 수도 있다.

그런데 신기하다. 어떤 음악은 마치 연결되어 있기라도 한 것처럼 어떤 장소와 함께 떠오른다. 미국 로스앤젤레스라면 '라라랜드', 그리스라면 '맘마미아!', 영국 런던이라면 '빌리 엘리어트'가 떠오르는 식이다. 마치 공항에서 여객기 이륙을 안내하는 모니터를 보는 기분이 든다.

장거리 비행에 음악은 필수다. 몸은 비록 공항과 비행기에 머물러 있지만, 음악은 짧은 순간이나마 전혀 다른 시간과 공간으로 우리를 데려다준다.

내 스마트폰에 담긴 음악 가운데 기내에서 듣기 좋은 곡을 뽑아 소개한다.

시작은 '땡큐 포 더 뮤직'(Thank You for the Music), 어울리는 행선지는 그리스다. 뮤지컬 '맘마미아!'는 지중해 외딴 섬에서 펼쳐지는 엄마와 딸의 이야기다. 하지만 내게는 종종 아빠와 딸의 스토리로 다가온다. '아빠는 누구인가'라는 진실을 파헤치기 때문이다. '아이 해브 어 드림'으로 열린 무대에서 미혼모 도나의 딸인 스무 살 소피는 편지 봉투 3개를 들고 있다. 결혼식을 앞두고 건축가 샘, 여행작가 빌, 회계사 해리에게 부치는 초청장이다. 엄마가 자신을 임신한 해의 일기를 훔쳐본 소피는 '아빠 후보'를 이렇게 셋으로 압축한다.

드디어 샘·빌·해리가 무대에 등장한다. 그들에게는 사랑이나 결혼에 대한 여자들의 판타지가 조각보처럼 투영되어 있다. 집을 설계하는 샘은 "건물이란 자식 같은 겁니다. 누구나 자기 애는 알아보죠"라고 한다. 여행 작가인 빌의 반응은 "난 애들에 대해 아는 게 없어요. 평생 짐 될 만한 건 피하며 살아왔거든요"다. 회계사치고는 좀 충동적인 해리는 "도나의 초청장이 행복했던 추억을 떠오르게 했다"며 기타를 잡는다.

그들은 저마다 소피를 자기 딸이라고 넘겨짚으며 소피와 함께 이 노래 '땡큐 포 더 뮤직'을 합창한다. 언제 들어도 부드럽고 따스하게 인생을 어루만지는 멜로디다. 영화에서 소피를 연기한 아만다 사이프리드가 부른 '땡큐 포 더 뮤직'은 "난 특별한 게 없어요 사실 좀 따분하죠~"로 시작된다. 불편한 기내에서 구겨지듯 앉아 있다가 이 곡을 들으면 몸 전체에 활기가 퍼진다.

"내가 하는 농담은 아마 전에 들어본 적이 있을 거예요/ 하지만 내게는 놀라운 재능이 있어요/ 내가 노래를 시작하면 모두가 귀를 기울이거든요/ 난 감사하고 뿌듯해요/ 원하는 건 소리 높여 노래하는 것뿐이에요/ 그래서 난 음악에 감사해요 내가 부르는 노래에 감사해요/ 노래가 가져다주는 즐거움에 감사해요/ 누가 음악 없이 살 수 있죠? 질문에 솔직하게 답해봐요/ 그러면 인생은 어떻게 될까요/ 노래와 춤이 없다면 우리는 어떻게 될까요?/ 그래서 난 음악에 감사해요/ 내게 재능을 준 것에 감사해요~."

이번엔 아프리카 이집트로 방향을 튼다. 내 기내 뮤직 리스트의 두 번째 곡은 나일강에서 펼쳐지는 뮤지컬 '아이다'다. 부패하지 않는 사랑을 그린 이 뮤지컬은 과거와 현재를 환생(還生) 구조로 엮으며 오페라 '아이다'에서 벗어난다.

드라마의 출발점은 미국 뉴욕의 메트로폴리탄 박물관. 애잔한 나팔 소리가 번져오고 이집트 묘실(墓室)을 뚫어져라 바라보던 남녀 관람객이 서로에게 다가간다. 사랑 때문에 생매장 당했던 아이다와 라다메스다. 전시 중이던 밀랍인형(암네리스)이 걸어 나오며 '모든 이야기는 사랑 이야기'(Every Story Is a Love Story)를 부른다.

"이 세상의 모든 얘기/ 소설이건 영화건/ 아름다운 동화건 우연한 실화이건/ 옛날이나 지금이나 이 세상 모든 얘긴/ 인간의 운명 이야기, 애절한 사랑 얘기~."

'Thank you for the music'이란 노래 하나만으로 지중해 섬의 기후와 그곳에서 벌어지는 아기자기한 이야기가 떠오르면서 온몸에 활기가 솟는다.

그렇다. 모든 이야기는 사랑 이야기다. 가족부터 직업, 꿈, 낭만, 성공, 좌절, 증오까지 다 사랑이라는 벽돌을 쌓아 올리거나 허무는 일이다. 자분자분 들려주듯 시작한 이 노래는 중간에 로큰롤 코드로 바뀌면서 감정의 격랑에 올라탄다. 붉은 돛을 단 이집트 노예선이 무대에 등장하고 전쟁 속에 피어난 사랑 이야기가 출렁출렁 밀려온다.

박칼린 음악감독에게 물은 적이 있다. 뮤지컬 '아이다'에서 음악을 하나둘씩 버린다면 마지막에 어떤 곡이 남겠냐고. 그녀의 선택은 '모든 이야기는 사랑 이야기'였다. "실제로 인생도 그렇다"며 박칼린이 말을 이었다. "사랑 때문에 어마어마한 힘이 생겨요. 그것 때문에 죽을 수도 있고, 사흘 안 자고 일할 수도 있지요. 지구를 돌리는 건 사랑 하납니다. 난 그래서 더 몰두하기 위해 사랑을 만듭니다. 사람일 수도 있고 강아지, 식물일 수도 있지요."

세 번째 노래는 엘튼 존이 작곡하고 부른 뮤지컬 '빌리 엘리어트'의 삽입곡 '일렉트리시티'(Electricity)다. 영화를 무대로 옮긴 이 뮤지컬은 발레 무용수를 꿈꾸는 열한 살 소년 빌리가 주인공이다. 배경은 1980년대 중반 영국 북부의 탄광촌. 대량 실직에 직면한 광부들이 피켓을 들고 총파업 시위를 벌이면서 시작되는 이 드라마는 공동체의 비극과 한 덩어리로 굴러간다.

땅속이 일터인 광부들과 발레로 비상을 꿈꾸는 빌리 사이에 수직적 대비가 좋다. 빌리는 초반에 복싱 장면이 끝나고 열쇠를 건네주다 처음으로 공기처럼 가벼운 발레와 만난다. 석탄 가루 날리는 탄광촌이라 더 비현실적으로 느껴지는 핑크빛이다. 이 뮤지컬의 하이라이트는 런던 로열발레학교 장면이다. 오디션에서 심사위원들은 "춤출

때 어떤 기분이냐"고 묻는다. "설명할 수도 없고 적당한 단어도 떠오르지 않고 통제할 수도 없는 감정"이라는 빌리의 답은 이렇게 노래가 된다.

"그러면 뭔가 타오르는 느낌이/ 내 몸 깊은 곳으로부터 터져 나오고/ 난 갑자기 하늘을 날기 시작해/ 전율이 흐르는 짜릿한 느낌/ 퍼지면서 난 자유를 찾죠~."

이 곡 '일렉트리시티'는 사람의 바깥이 아니라 내면에서 타오르는 음악이나 불꽃과 같다. 숨길 수도 없다. 춤을 출 땐 내가 누구인지 잊어버린다고, 그러면서도 뭔가 희망을 품게 된다고 노래한다. 텅 빈 것 같기도 하고 꽉 찬 것 같기도 하다는 고백이 내밀하게 파고들어와 진동을 일으킨다. 난기류를 만난 것도 아닌데 기내에서 소름이 돋는다.

새로 추가한 곡 중 하나는 아카데미 주제가상을 받은 '별들의 도시'(City of Stars)다. 뮤지컬 영화 '라라랜드' 삽입곡으로, 장소는 미국 로스앤젤레스(LA)다. 정신없이 돌아가는 세상을 지켜보며 누가 날 발견해줄까 의심하는 미아(에마 스톤)와 "난 위기가 좋아. 인생의 펀치를 맞아주는 거야"라고 말하는 세바스찬(라이언 고슬링)이 주인공이다.

그들은 번번이 배우 오디션에 떨어지고 해고도 당하지만 물러서지 않고 꿈을 향해 나아간다. 세바스찬이 몽롱한 목소리로 노래를 시작한다.

"별들의 도시여/ 나만을 위해 빛나는가/ 별들의 도시여/ 내가 보지 못하는 게 너무 많구나/ 누가 알까/ 그대와 처음 포옹을 한 순간 느꼈다는 걸~"

피아노 반주만을 배경으로 담백하게 흘러가는 이 노래는 이중창이다. 미아가 감미롭게 이어간다.

"우리의 꿈이/ 마침내 이루어졌다는 사실을/ 별들의 도시여/ 모두가 원하는 한 가지/ 술집에서도/ 붐비는 식당의 담배연기 속에서도/ 그건 사랑/ (웃으며) 맞아 우리 모두가 찾는 건 사랑이야/ 누군가로부터의/ (주고받으며 함께~) 격렬한 기쁨/ 쳐다보는 것/ 몸이 닿는 것/ 춤을 추는 것/ 누군가의 눈을 바라보는 것/ 하늘을 밝히는 것/ 세상을 열고/ 날 어지럽히는 것/ 내가 있으니 넌 괜찮을 거라 말하는/ 그 목소리/ 내가 어디로 가고 있는지 몰라도 상관없어/ 이 미칠 듯한 기분만 있으면 되니까/ 이 두근거림/ (세바스찬) 이 느낌이 영원했으면 좋겠어/ 별들의 도시여/ 나만을 위해 빛나고 있는가/ 별들의 도시여/ (미

역동적으로 온몸의 세포를 자극하여 난기류를 만난 것도 아닌데, 비행기 안에서 전율하게 된다! 장거리 비행에서 뮤지컬 음악이 지닌 힘이다.

아) 이토록 밝게 빛난 적이 있었던가."

이 뮤지컬 영화에서는 '아름다운 밤'(A Lovely Night)도 명곡이다. 어둑해지는 LA 그리피스 파크를 배경으로 미아와 세바스찬이 티격태격하다가 사랑에 빠지는 과정을 로맨틱 코미디처럼 보여주는 장면에서 흘러나오는 노래다. 미아와 세바스찬이 "이 아름다운 밤만 아깝네"(what a waste of lovely night)라며 탭 댄스로 이어지는 대목은 노래를 들으며 상상하는 것만으로도 달콤하다. 깨물어주고 싶은 비타민C 같은 음악이다.

미아가 결국 파리로 떠났듯이 이번에는 프랑스의 수도로 가보자. 뮤지컬 영화 '레 미제라블'이다. 삽입곡 대부분이 매력적이지만 그중에서도 기내에서 듣고 싶은 노래는 장 발장, 마리우스, 코제트, 에포닌, 앙졸라, 자베르 등이 함께 부르는 '하루만 더'(One Day More)다. 국내 공연에서 이 곡은 '내일로'로 번역되었다.

"내일로/ 또 다른 날/ 또 다른 운명이/ 이 길은 끝이 없는 가시밭/ 날 잡으려는 추적자는/ 포기라곤 모른다/ 내일로~"(장 발장)

"너를 만나 바뀐 인생/ 너 없이 어찌 살아갈까?"(마리

우스)

"하루 가도 나 홀로/ 하루 가도 그는 멀리/ 나야 어찌 되어도/ 그는 상관없는 일~"(에포닌)

자베르 경감에게 쫓기는 장 발장은 코제트를 데리고 떠나야 할 때라는 것을 직감한다. 코제트는 내일이 되면 연인 마리우스와 헤어질 운명이다. 망설이던 마리우스는 그녀에게 "바리케이드에서 혁명을 위해 싸우겠다"는 편지를 보낸다. 그를 짝사랑하는 에포닌도 남장을 한 채 바리케이드를 지키고 있다. 코제트 대신 편지를 읽은 장 발장은 딸의 연인을 지키기 위해 바리케이드로 간다. '하루만 더'에는 그 복잡한 감정이 여러 겹으로 포개져 있다.

이 노래는 격변의 내일을 향해 나아가는 각자의 기대와 다짐을 들려준다. 에포닌을 빼면 다들 희망에 차 있다. 기내에서 들어도 그 에너지가 전해진다. 우리는 너무 쉽게 유쾌해지고 터무니없이 희망적이라는 점을 비판받지만 진실은 정반대다. 과도한 우울로 자신을 혹사시킨다. 따라서 희망적인 노래에 끌리는 것은 지극히 자연스럽다. 장시간 지치는 비행에 이렇게 귀를 꽉 채우는 위로를 만나기도 어렵다. '하루만 더'가 후반부에 합창으로 바뀔 때는 따라 부르고 싶어진다. 어두운 파리 풍경을 배경으로 햇불처럼 펄럭이던 붉은 깃발이 떠오른다.

이번엔 다시 미국으로 건너가자. 뮤지컬 '렌트'의 이야기와 음악을 지은 조나단 라슨은 1996년 1월 이 작품의 뉴욕 오프 브로드웨이 개막을 몇 시간 앞두고 숨졌다. '렌트'는 창작자의 장례식 날 세상을 만난 셈이다. 궁금하다. "1년이라는 시간을 어떻게 재느냐?"고 묻는 노래 '시즌스 오브 러브'(Seasons of Love)를 작곡할 때 그는 곧 꺼질 삶의 촛불을 예감하고 있었을까.

1년은 언제나 52만5600분이다. 길지도 짧지도 않은 시간이다. 출근하고 궁리하고 사람 만나고 취재하고 기사 쓰고 술 마시고. 기자의 하루는 대개 이렇게 한 바퀴를 돈다. 소중한 시간을 얼마나 잘 썼는지 측정할 방법이 과연 있을까. 몇 명의 사람으로? 몇 건의 기사로? 몇 잔의 술로? 답이 궁색하다. '렌트'는 이 질문으로 2막을 연다. 배우들이 한 줄로 서서 합창하는 '시즌스 오브 러브'다.

이 노래는 물어놓고 예상 답변들을 하나씩 삭제하는 식으로 나아간다. 1년을 낮의 길이나 일몰로? 마신 커피의 총량으로? 아니다. 웃은 횟수, 아파한 횟수도 아니다.

이 노래는 마침내 "사랑은 어떠냐?"고 제안한다. 기내에서 몸이 따뜻해지는 기분이다. 인생의 가치를 사랑으로 측정하고 사랑으로 느껴보라는 것이다.

"다 함께 노래해/ 친구들과 함께한 1년을/ 기억해요 사랑/ 느껴봐요 사랑~."

52만5600분 중에 600분(10시간)을 어딘가로 날아가는 비행기에서 보내며 삶에 대해 생각하게 된다. 뉴욕을 배경으로 자유로운 보헤미안을 그린 이 뮤지컬은 노래한다. "인생은 빌린 것"이고 시간은 유한하다고. 과거에 묶여 있거나 미래를 근심하느라 오늘을 잃어버린다고. 부디 오늘을 사랑하며 살라고. '시즌스 오브 러브'는 중독성이 강해 되풀이해 들어도 질리지 않는다.

코로나 이후 달라진 세계를 생각하면 한 곡이 더 떠오른다. 뮤지컬 '위키드'에 삽입된 '디파잉 그래비티'(Defying Gravity)다. 애니메이션 영화 '겨울왕국' 주제가로 기억되는 뮤지컬 배우 이디나 멘젤이 불러 더 유명한 노래다. '위키드' 주인공 엘파바는 테어날 때부디 온몸이 초록색이라 세상에서 소외당하지만 마법에 재능이 있다는 걸 알게 된다. 하지만 불편한 진실에 직면한다. 마법

사란 허상이고 일부러 적(敵)을 만들어 감시하며 통치하고 있을 뿐이다. '디파잉 그래비티'는 엘파바가 마법사의 도움 요청을 단호히 거절하면서 부르는 노래다.

"남이 정한 게임의 룰대로 사는 건 끝이야/ 이제 내 직감을 믿을 때야/ 눈을 감고 뛰어오르는 거야/ 중력에 맞서 싸울 거야/ 날 막을 순 없어~"

지금도 비행기는 강한 중력과 싸우면서 날아간다. 기내에서 10시간 동안 음악을 온전히 감상하려면 노이즈 캔슬링 헤드폰이 필요하다. 거대한 롤스로이스 엔진 네 개를 달고 있는 A380의 경우 최대 이륙 중량은 590톤에 달한다. 그 덩치를 하늘에 띄우려면 엔진이 쉴 새 없이 돌아가야 한다. 기내 소음은 85~90데시벨에 이른다. 노이즈 캔슬링 헤드폰은 바깥 소음을 막아주면서 음악에 집중할 수 있도록 도와준다.

나는 소니 MDR-ZX770BN 모델을 가지고 탑승한다. 블루투스와 노이즈 캔슬링 기능이 탑재된 헤드셋이다. 주위 상황에 따라 반대 파동을 가진 음파를 쏴 외부 소음을 상쇄한다. 주변 소음에서 완전히 자유로워지지는 못하지만 무선 연결 중에도 CD 수준의 깨끗한 음질을 감상할 수 있다.

변수가 무궁무진한 장거리 비행. 음악은 가장 고통스러운 마음의 난기류에서 우리를 구원해준다.

여행의 시작은 언제나 기대에 부풀어 있다. 하지만 장거리 비행은 슬프게도 불확실성이 크다. 승객 대부분은 옆에 누가 앉을지 알 수 없다. 근처에 앉은 아기가 비행기가 떠나가라 울어댈지도 모른다. 다리에서 경련이 일어날 수도 있다. 심한 난기류를 만나면 불안해진다.

그렇게 0.24평의 감옥에 갇혀 괴로울 때 음악이 해독제가 될 수 있다. 수천 곡을 챙겨 탑승해도 무겁거나 거추장스럽지 않다. 알루미늄 튜브에 갇혀 날아가는 시간이 길수록 음악은 쓸모 있고 편리하다. 가장 고통스러운 구간에서 더 빛난다. 그리하여 '땡큐 포 디 뮤직'이다.

07

꿀잠의 조건

수면이 부족한 혹은 **수면에 예민한 분들**에게

Go To Traval!

직장인의 하루는 카페인으로 이륙해 난기류에 시달리다 알코올과 함께 쿵 소리를 내며 착륙하곤 한다. 침대에서 '그분'을 영접하려면 오래 뒤척여야 한다. 그분은 잠이다. 마약 베개, 기절 베개, 요술 베개, 무중력 베개…. 꿀잠으로 이끈다는 상품들이다. 우리는 알게 모르게 '수면 파산' 상태에 빠져 있다. 잠이 얼마나 절박하면 마약과 기절, 요술이 필요할까.

2019년 세계 수면의 날을 앞두고 '한국인의 잠'을 주제로 설문조사를 했다. 20~60대 남녀 5048명이 응답했는데 하루 평균 수면 시간이 '6시간 이하'라는 사람이 2480명(49%)에 달했다. 1865명(36%)은 '불면증을 겪고 있다'고 답했다.

스마트폰에서 나오는 청색광은 멜라토닌 분비를 지연시킨다. 잠의 리듬을 헝크는 것이다. 밤 11시 넘어 방영하는 TV 드라마나 먹방은 '잠의 골든타임'을 놓치게 만든다.

낮에 커피를 달고 살며 밤술을 마신 뒤 드라마 보다가 침대에서 스마트폰까지 들여다보면 그야말로 최악이다.

비행기에 탑승했다고 그 습관이 달라질 리 없다. 장거리 비행 중 첫 번째 기내식은 먹었다. 와인이나 맥주를 한잔 마셨고 화장실도 다녀왔다. 면세품을 판매하는 카트가 지나가고 나서 기내 조명이 어두워진다. 주변을 둘러보라. 영화 보는 사람, 책 읽는 사람, 음악 듣는 사람, 서류 검토하는 사람 등 각자의 방식대로 시간을 보내고 있다. 난기류로 동체가 잠깐 흔들린다.

지금 기내에서 가장 행복한 승객은 누구일까. 아마도 곤한 잠에 빠진 사람일 것이다. 술기운이나 수면제에 기대지 않고 마치 비행기와 한 몸이라도 된 것처럼 그 방면에 탁월한 사람들이 있다. 옆 승객들의 시끄러운 수다나 윙윙거리는 엔진 소음조차 그들에겐 달콤한 자장가로 들리는 모양이다.

기내에서 꿀잠 자는 사람(plane sleeper)들 중에는 목베개, 안대, 귀마개를 사용하는 경우도 있다. 하지만 그들 중 최강자는 수면 보조기구 따위는 거추장스럽다는 듯 좌석에 앉아 등을 기대자마자 곧장 잠에 곯아떨어진다. 그야말로 탐나는 적응력이다. 무던히 애써도 잠이 강림하지 않는 이들은 그 신묘한 능력을 훔치고 싶어진다.

중세에 사람들은 보통 앉아서 낮잠을 잤다. 그 흔적은 오늘날에도 가끔 발견된다. 유능한(?) 아파트 경비원이나 직장 상사는 한 눈을 뜨고 잔다. 지하철에서도 반쯤 졸면서 반쯤 깨어 있는 승객을 가끔 목격한다. 영화관이나 공연장 객석에서 나도 모르게 꾸벅꾸벅 졸다가 목이 뒤로 꺾어지는 바람에 화들짝 놀라 깰 때가 있다. 그런 잠은 질이 나쁘다. 개운하기는커녕 수치심을 유발한다. 장거리 비행에서 우리에게 필요한 것은 전혀 다른 종류의 잠이다.

기내 수면의 고수들은 이구동성으로 말한다. 잠자고 싶다면 복도석을 피하라고. 창가석이나 차라리 가운데 낀 좌석을 택하라고. 방해받을 가능성을 낮추거나 원천봉쇄하라는 것이다. 그들은 담요를 덮고 목에는 스카프를 감아 뇌에 수면 신호를 보낸다. 그리고 긍정적인 어떤 생각을 반복하면 어느 순간 잠에 빠진다고 말한다. 심지어 비행기가 게이트에서 활주로로 이동하고 맞바람을 뚫고 이륙하는 동안에 더 꿀잠을 잔다는 주장도 있다.

그런데 수면 전문가들의 해석은 완전히 다르다. 비행

기를 비롯해 어디서나 잠을 잘 자는 것은 우쭐할 만한 재주가 아니라 심각할 수도 있는 수면 결핍의 징후라고 지적한다. 정상적인 수면 습관을 지닌 사람이라면 절대 어디서나 아무 때나 그토록 쉽게 잠들 수 없다는 것이다.

전문가들은 하루 7~9시간(평균 8시간) 수면을 권장하지만 한국은 '잠 부족 국가'다. 2016년 OECD(경제협력개발기구) 통계에서 한국인은 하루에 7시간 41분을 잤다. 평균(8시간 22분)보다 41분 부족한 수치로 OECD 국가 중 최하위였다.

구글에서 '나는 왜(Why am I)'를 입력하는 순간 많이 검색하는 질문이 뜬다. '나는 왜 이렇게 피곤한 것일까(Why am I so tired)'가 3위다. 문제는 잠이다. '잠(sleep)'으로 검색하면 결과가 14억 건에 이른다. 세계보건기구(WHO)는 수면 부족은 선진국의 유행병이라고 선언했다.

《수면 혁명》을 쓴 아리아나 허핑턴은 "과로와 번아웃 증상은 성공을 위해 치러야 할 대가라는 집단 환상이 문제"라고 지적했다. 일할 시간이 부족하다고 느낄 때, 뭔가 줄여야 할 때 잠이 가장 만만하다. 네댓 시간만 자도 일곱 시간 이상 잔 것만큼 일할 수 있다고 사람들은 오해한다.

늘 수면 부족에 시달리는 사람들에게 장거리 비행은 모자란 잠을 보충할 수 있는 기회이기도 하다.

김대진 서울성모병원 정신건강의학과 교수는 "커피와 술은 에너지 드링크가 아니라 수면의 훼방꾼이다. '카페인 섭취가 많아도 잠을 잘 자는 체질'이라는 건 과학적으로 보면 착각이고, 알코올은 얕고 자주 깨는 잠을 부를 뿐"이라고 했다.

　잠거리 비행은 어쩌면 지상에서 모자란 잠을 보충할 수 있는 기회다. 그런데 비행기는 평소 수면 부족에 시달리는 사람을 어떻게 꿈나라로 데려가는 것일까. 수면학

전문가들은 규칙적인 엔진 소음과 진동 탓이라고 설명한다. 실제로 매주 월요일 뉴욕으로 출근 비행기를 타는 비즈니스맨들은 활주로에서 엔진을 예열하는 동안 잠에 빠지는 경우가 많다는 연구가 있다. 앞으로 기내에서 쉽게 잠드는 사람을 보면 측은해할 일이다. 극심한 수면 결핍의 증상일 수 있으니까.

잠은 의식주보다 삶에 더 깊은 영향을 미친다. 우리는 인생 3분의 1을 자면서 보내지만 잠은 실체가 거의 알려져 있지 않다. 몸이 조작하는 온·오프 스위치쯤으로 여겨졌다. 하지만 노동이 24시간 내내 돌아가는 오늘날 잠은 산업이 되었다. 미국에선 수면을 돕는 의약품이 한 해 300억 달러(약 33조8000억 원)어치 팔린다.

수면은 때로 의식주보다 삶에 더 깊은 영향을 미친다. 인생은 3분의 1이 잠이다. 평균 수명으로 보면 25~30년에 해당한다. "잘 자"라는 말은 더 이상 넘겨들을 수 없는 인사다. 꿀잠이 그만큼 귀하다. 주중에 쌓인 '수면 부채'를 갚으려고 주말에 몰아 잔다는 사람도 흔하다. 수면 전문가들은 "일이 많은 게 문제가 아니다. 전날 밤에 충분히 자지 않아 능률이 떨어졌기 때문일 수 있다"고 말한다.

비행기를 비롯해 어디서든 잠을 잘 자는 사람들을 마냥 부러워할 필요는 없다. 그들은 우리가 부러워하는 재주가 아니라 심각한 수면 결핍증을 앓고 있을 수도 있다.

도착지에서의 시차 적응까지 감안하면 잠은 기내에서도 그 무엇보다 중요하다. 기내식을 건너뛰고 수면을 택하는 게 나을 때도 있다. 그런데 잠의 조건은 모순적이다. 매우 흥미로운 책《잠의 사생활》을 쓴 데이비드 랜들은 "잠은 아주 좋은 것이지만 다른 좋은 것들과는 사뭇 다르다. 잠을 얻으려면 잠을 가지겠다는 강박관념을 버려야한다"고 충고한다.

비행기에서 잠자는 건 참으로 어렵다. 잠이 오지 않아도 불안하고 너무 깊이 잠들어도 불안하다. 10시간 비행중 초반에 자느냐 후반에 자느냐도 얕잡아 볼 수 없는 문제다. 밤 비행기인지 낮 비행기인지, 목적지에 오전에 도착하는지 오후에 도착하는지 등에 따라 수면 구간을 현명하게 잡아야 한다.

비행기를 타기 전부터 어떻게 잘 것인지 설계가 필요하다. 나도 이것저것 시도해보았다. 처음에는 술부터 마셨다. 피곤하고 몽롱하게 만들어 잠으로 연착륙하려는 전략이었다. 결과는 득보다 실이 많았다. 비행 초반부에만 반짝 효과가 있었을 뿐, 후반부에는 몸은 파김치가 되었는데 잠이 오질 않았다. 도착지 숙소에서도 일찍 잠들고 새벽 2~3시에 깨는 바람에 악순환이 이어졌다. 시차 적응을 말아먹은 것이다.

다음번에는 기내에서 금주(禁酒)했다. 책을 읽거나 영화를 보면서 가능한 한 오랫동안 맑은 정신으로 깨어 있으려 했다. 하지만 비행기에서 10시간 내내 눈을 부릅뜨고 잠을 피하기란 미션 임파서블에 가깝다. 비몽사몽으로 버티다 결국 두 번째 기내식이 나올 무렵 곯아떨어지고 말았다. 마라톤에 빗대면 체력 안배를 잘못한 오버 페이스였다. 목적지에 오전에 도착해 첫날부터 일정이 있을 경우 이 방법도 참패였다. 쪽잠이 개운할 리 없었고 몸은 천근만근이었다.

이런 경험은 누구에게나 있다. 때로는 기내에서 잠을

낮 비행기인가, 밤 비행기인가? 목적지에 도착하는 시간은 낮인가, 밤인가? '효과적인 기내 수면'에도 전략이 필요하다.

자려고 무던 애를 쓰고도 실패를 맛보고, 때론 간신히 잠들었는데 타이밍이 안 좋아 시차적응이 꼬인다. 비행기는 인구 밀도가 높아 북적이고 시끄러운 장소다. 꿀잠을 훼방하는 악조건이 수두룩하다. 하지만 장거리 비행 중 충분한 수면은 이른바 '제트 래그(jet lag)', 시차로 인한 피로를 피하는 가장 좋은 방법이다. 요령 있게 시간을 보내면서 상쾌하게 목적지에 닿는 훌륭한 경로이기도 하다.

 큰맘 먹고 떠난 해외여행 아닌가. 비행 후유증에서 회복하는 데 첫 36시간을 쓰고 싶은 사람은 없다. 기내에서

기내에서 언제 자고, 얼마나 자는 것이 좋을까? 다른 시차의 세계로 떠나는 여행객들의 끊임없는 딜레마.

어떤 구간에서는 반드시 잠을 시도해야 한다. 일등석이나 비즈니스석은 등받이가 180도 젖혀져 쾌적한 취침 환경을 만들어주지만 어느 항공사나 일반석은 비좁고 불편하고 다리 뻗기도 힘들다. 그곳에 앉아서도 꿀잠을 자고 싶은 승객에게 요긴한 팁을 그러모았다.

　　대한항공 블로그는 '알짜 숙면비법'을 안내하고 있다. 음주나 안전벨트에 대해서는 앞에서 설명했으니 여기서는 건너뛴다. 알짜 숙면에 가장 중요한 것은 타이밍이다. 장거리 비행에서 방해받지 않고 오래 잠들 수 있는 타이밍은 짐작하듯이 첫 번째 기내식과 두 번째 기내식 사이다. 눈꺼풀이 천근만근이라서 첫 식사 전에 선잠을 잘 경우 나중엔 아무리 애를 써도 다시 잠들기 어렵다.

기내 '수면 레시피'에서 두 번째로 중요한 조건은 포지션, 즉 자리다. 화장실에 자주 가는 체질이거나 구태여 자리에서 일어나지 않아도 옆 승객이 통과할 수 있는 보통 체구라면 복도석이 자기 편하다. 반대로 화장실에 자주 가지 않거나 몸집이 커서 옆 승객이 복도로 나갈 때마다 자리에서 일어나야 한다면 창가석이 바람직하다. 상대적으로 독립적인 공간인 데다 창문 가리개를 내리고 머리를 기댈 수도 있다. 창가석을 얻는 데 실패했다고? 절망하기에는 이르다. 그래서 책을 들고 타는 것이다. 읽고 또 읽어라.

세 번째 포인트는 수면 보조기구다. 공기를 불어넣는 튜브 타입의 목베개를 선택하면 부피 부담을 덜 수 있다. 목베개를 차고 있으면 옆 승객이 귀찮게 말을 걸지도 않을 것이다. 귀마개는 아기 또는 단체관광객이 근처에 앉았을 때 요긴하다. 미처 챙기지 못했다면 승무원에게 부탁해 얻을 수 있다. 안대가 없어도 임시방편이 있다. 담요

장거리 비행에서 방해받지 않고 숙면을 취할 수 있는 최고의 타이밍은 첫 번째 기내식을 먹고 두 번째 기내식이 나오기 전의 시간이다.

를 세로로 길게 펼친 다음 머리끝까지 뒤집어써 뒤통수로 고정시킨 뒤 무릎까지 팽팽하게 당기면 혼자만의 아늑한 취침 공간을 만들 수 있다.

기내 수면의 고수들은 이 밖에도 요긴한 팁을 공유한다. 먼저 시계를 도착지 시간으로 맞추는 게 좋다. 이륙하면서 해도 되지만 탑승하기 하루 이틀 전에 미리 준비하면 훨씬 더 좋다. 기내에서 자야 하는 가장 큰 이유는 시차 적응의 고통을 최소화하기 위해서다. 도착지 시간에 맞춰 한두 시간 일찍 자거나 한두 시간 늦게 자는 훈련만으로도 워밍업이 된다. 도착지가 밤 시간이라면 자고 낮

시간이라면 깨어 있으려고 노력한다.

알랭 드 보통은《공항에서 일주일을》에서 "부자일수록 짐이 적어지는 경향이 있다"고 썼다. 잠을 자려면 일반석에서도 자세가 편해야 한다. 짐을 적게 가지고 타고 발 앞은 비워두는 게 낫다. 긴 여행이라면 짐은 화물칸으로 부친다. 필수품만 가지고 탑승하고 좌석 위 짐칸에 넣어둔다. 다리 뻗을 자리가 충분한지 아닌지가 수면의 품질에 작지만 큰 차이를 만든다. 앞좌석으로 몸을 웅크리고 자는 승객도 있지만 척추와 허리에 부담이 된다. 가장 좋은 자세는 의자를 가능한 한 뒤로 젖히고 눕는 것이다. 옆자리가 비는 행운을 얻었다면 옆으로 몸을 동그랗게 말아 웅크리고 자도 된다. 롱다리를 가지고 있다면 소용없는 일이지만.

옷은 헐렁하게 그리고 따뜻하게 입을 필요가 있다. 비행기가 이륙해 구름 위로 올라가면 기온이 2도 가량 떨어진다. 추위로 소름이 돋으면 꿀잠을 기대하기 어렵다. 기내 온도는 객실 전체를 한 구역으로 지정해 조절된다. 따라서 승객 상태에 따라 온도를 다르게 느낄 수 있다. 기내 표준 온도는 24±2도라고 한다. 서양 사람은 동양 사람보다 낮은 기온을 선호해 기내 온도가 24도 이하일 때가 많다. 비상구 근처는 다른 좌석보다 온다가 낮다는 사실도 기억해야 한다.

예민한 사람이라면 집에서 쓰는 얇은 담요를 챙길 필요도 있다. 익숙한 감촉과 냄새에 더 편안하게 잠이 강림한다. 창가석이 아닌 자리에 앉을 경우라면 목베개는 필수에 가깝다. 또 안전벨트 표시등이 들어올 때마다 승무원의 지적을 받고 깨어나기 싫다면 안전벨트는 담요 위로 보이게 맨다. 승무원은 부지런히 통로를 오가며 기내식과 음료 등을 서비스하고 면세품을 판다. 방해받지 않고 꿀잠을 길게 자고 싶다면 미리 승무원을 불러 일러주는 게 낫다.

수면에는 소음이 골칫거리가 될 수 있다. 따라서 방음 귀마개나 노이즈 캔슬링 헤드폰의 쓸모를 과소평가하지 마라. 불편을 겪고 싶지 않다면 평소 집에서 쓰던 것을 사용하는 게 낫다. 노이즈 캔슬링 헤드폰은 소음을 차단해줄 뿐만 아니라 좋아하는 음악까지 들려주니 일석이조다. 평온하게 긴장을 풀어주는 음악을 재생하면 오래지 않아 잠이 올 것이다. 미리 스마트폰이나 스마트기기에 취침

숙면을 위한 방법으로 음주를 선택하는 이들도 있다. 하지만 음주는 얻는 것보다 잃는 것이 더 많다.

모드용 음악을 챙긴다.

옆에 앉은 승객이 수다를 떤다면 어떻게 해야 하나?

정중하게 단념시켜야 한다. 책을 눈에 띄게 뒤적이거나 헤드폰을 쓰거나 알아들을 수 없는 외국어로 혼자 중얼거리는 것도 효과적인 방법이다. 뒤에 앉은 꼬마가 의자를 툭툭 찬다면 매서운 눈으로 '레이저빔'을 쏘아 제압한다.

음주가 수면을 돕는다는 효과는 익히 알려져 있지만 한두 잔을 넘어가면 탈수 등 부작용이 더 크다. 기내에서는 술이나 카페인이 들어간 음료를 피하자. 대신 허브티를 권한다. 스크린 불빛(청색광)도 뇌를 깨어 있게 만들기 때문에 기내영화 시청이 과하면 수면을 방해한다.

표준시간대는 24개로 나누어져 있고 장거리 비행기는 아마도 당신을 다른 시간대로 데려갈 것이다. 낮 시간에 잠을 청하는 것도 어렵고 기내 조명이 방해할 수도 있다. 그때 안대 착용의 효과가 극대화된다. 눈앞에 어둠을 가져다줄 뿐만 아니라 얼굴을 반쯤 감추어준다. 잠은 기내에서도 사생활이니까. 안대를 쓰면 사생활을 부분적으로 보호받는 느낌이 든다.

잠은 아득바득 청한다고 한들 강림하지 않는다. 윤대현 서울대병원 건강정신의학과 교수는 "수면은 조정할 수 없는 '자율주행'의 영역"이라고 설명한다. 자율주행 자동

수면제는 수평으로 누울 수 있을 때에만 사용해야 한다. 즉 장거리 비행의 일반석에서는 효과가 없다는 의미이다.

차와의 원리와 같다. 사람의 의식으로는 조종할 수 없고 뇌가 심장처럼 '지 맘대로' 작동한다는 뜻이다.

불안하면 잠이 안 오고 잠이 안 오니 더 불안해진다. 강제로 잠을 빼앗는 수면 박탈이 고문 방법이었을 만큼 불면은 마음과 몸에 큰 고통을 안긴다. 마음대로 안 되는 불면증에 수면제(sleeping tablets)를 처방하기도 한다. 자려는 힘을 강화해주는 약물이다.

"자는 게 남는 것이다." 이 말에 동의한다면 숙면을 위한 보조도구(목베개나 귀마개, 안대 등)를 적극적으로 활용하지 않을 이유가 없다.

수면제는 기내 소음과 불편을 극복하는 데 도움을 줄 수 있다. 하지만 영국 텔레그라프의 보건전문기자 리차드 다우드 박사는 "수면제는 충분히 긴 장거리 비행에서 수평으로 누워 잘 수 있을 때만 써야 한다"고 말한다. 일반석에서는 복용하지 말라는 뜻이다. 비좁은 자리에서 거의 수직으로 앉은 채 깊이 잠들 경우 심정맥 혈전(DVT) 위험이 높아지기 때문이다. 다우드 박사는 "수면제는 방향 감각을 잃게 만들고 만일의 사태에 대응 능력을 떨어뜨린다"며 "그래도 복용하고 자야 한다면 DVT를 피하기 위해 압박 양말을 신는 게 좋다"고 덧붙였다.

08

구름 위의 명상

성층권이 선물하는 **비일상 특권 마음껏 누리기**

Go To Traval !

모든 방법을 동원해도 잠이 오지 않는다면 어떻게 해야 하나? 그래도 길은 있다. 이상하게 들리겠지만, 최후의 수단은 명상이다. 명상이 승객의 심신을 평안하게 만든다는 사실은 과학적으로도 입증되었다. 게다가 진짜 도전은 목적지에 도착했을 때 비로소 시작된다는 점을 명심해야 한다. 새 시간대에 적응하느라 며칠이 걸릴 수도 있다.

바다를 바라보고 있으면 마음이 평온해진다. 어느 해 봄에 미국 몬터레이 해변의 벤치에 앉아 있었다. 바로 앞에서는 파도가 끊임없이 밀려와 뭍에 부딪치면서 포말을 일으켰다. 하지만 저 멀리 태평양 수평선은 미동도 없었다. 우리를 흔드는 근심 대부분이 얼마나 대수롭지 않은 것인지, 그 광대한 풍광과 원근법 앞에서 새삼 깨달았다.

무선 인터넷망으로 연결된 현대 사회에서는 온전히 홀로 있는 시간을 손에 쥐기가 쉽지 않다. 노동과 휴식의 경계는 오래 전에 무너졌다. 퇴근 후에도 이메일을 체크해야 하고 시도 때도 없이 모바일 메신저가 울어댄다. 세상은 우리가 차분히 생각을 정리할 기회를 좀처럼 허락하지 않는다.

장거리 비행은 그래서 특별하다. 여럿이 한 공간에 있으면서도 역설적으로 고독해질 수 있는 장소니까. 동행이 없다면 우리는 기내에서 철저히 혼자가 될 수 있다. 떠나온 도시에 남겨둔 일과 가정, 인간관계의 걱정에서 벗어나 성층권 하부를 날면서 오랜만에 자신의 내부로 들어갈 수 있다. 거대하고 신비한 우주에 비추어보면 우리는 얼마나 작은 존재인가. 구름 위의 명상이 평온을 선물하는 것이다.

비행기를 멀리서 보면 등은 푸르고 배는 하얀 바닷물고기 같다. 고등어 같은 유선형 물고기는 헤엄칠 때 물이 소용돌이치지 않고 몸을 타고 흘러 물의 저항을 거의 받지 않는다고 한다. 지느러미도 사용하지 않을 때는 접히게 되어 있다. 비행기 날개는 그것을 본떠 만들었을 것이다.

비행은 중력을 거스른다. 최대 이륙 중량이 590톤에 달하는 A380이 활주로에서 날아올라 랜딩기어와 보조날개를 접는다. 22개의 바퀴가 동체 안으로 사라진다. 우리

10킬로미터 위에서는 전혀 다른 세상을 만난다. 오직 자연현상만이 존재하는 창 밖을 바라보면 자연스럽게 명상에 빠져들기도 한다.

는 그제야 무거운 삶의 하중으로부터 조금씩 벗어날 수 있다. 구름 위에서 내려다본 세상은 작아 보인다. 영국항 공과 터키항공 등 일부 항공편에서 가능한 기내 와이파이 서비스(대체로 유료다)를 이용하지 않는다면 장거리 비행 을 하는 10시간 동안은 연락도 되지 않을 것이다. 모바일 메신저도 울리지 않을 것이다.

지상이라면 연락이 바로 닿지 않는다는 것은 이제 지

위의 상징이다. 나는 다른 일반석 승객들 틈에서 익명으로 상태로 앉은 채 저 아래에서는 누리지 못하는 자유를 구름 위에서 만끽할 수 있다. 장거리 비행기는 '모든 것이 연결되어 있는 세상에서 10시간 넘게 인터넷이 끊긴다면 어떤 일이 벌어질 것인가?' 같은 질문을 던지기에도 적합한 장소다. 기장의 안내방송이 들린다. "저희 비행기는 고도 10.6킬로미터, 시속 910킬로미터로 순항 중입니다."

작가 알랭 드 보통은 《여행의 기술》에서 "여행은 생각의 산파"라고 썼다. 움직이는 비행기나 배, 기차보다 내적인 대화를 쉽게 이끌어내는 장소는 찾기 힘들다. 비좁고 불편하며 시끄러운 엔진 소음을 견뎌야 하는 기내는 명상의 장소로 부적합하다고 생각할지도 모른다. 하지만 해야할 일이 생각뿐일 때 정신은 그 일을 감당하지 못하는 경향이 있다. 새로운 생각은 새로운 장소를 요구한다. 윙윙거리는 진공청소기로 집안 구석구석 먼지를 빨아들일 때 도리어 머리가 맑아진다. 때로는 시끄러운 카페에서 뜻밖에 창의적인 아이디어가 샘솟는다.

장거리 비행은 승객에게 저마다 일과 가정, 지상의 의무와 근심에서 뚝 떨어져 나올 수 있는 10시간을 선물한

(좌) 10시간 동안 문명의 기기에서 벗어나 잠시 인간관계망이 단절되는 흔하지 않은 기회의 시간. 당신이라면 기내에서 무엇을 할 생각인가?
(우) 수백 명이 한 공간에 있지만, 역설적으로 고독해지는 곳이 비행기 안이다. 가정과 직장, 정착해 있던 대지를 떠나 하늘로 오르는 길은 자신의 내부로 다가가는 길이기도 하다.

다. 피정(避靜)이나 템플 스테이에 빗대기는 거창하지만 그곳 또한 정신을 가다듬기에 특별한 장소다. 변화라곤 없는 상태로 성층권 하부를 날아가면서 흘러가는 창밖 풍경의 도움으로 새로운 생각의 똬리가 형성되기도 한다. 일상에서는 이르지 못했던 높이에서 명상에 잠기며 '진짜 나'를 만날 수도 있는 것이다.

미국 화가 에드워드 호퍼(1882~1967)는 여행자의 내면 풍경을 잘 포착한 화가다. 호텔, 도로와 주유소, 식당과 카페테리아, 기차에서 본 풍경, 기차 안과 열차의 모습….
이런 여행 장소에 대한 일관된 관심을 캔버스에 담았다.
그가 그린 인물들은 집에서 멀리 떨어져 있다. 저마다 자
기 내부를 응시하는 표정이다.

호퍼가 그린 '자동 판매식 식당'(1927) '주유소'(1940)
'293호 열차 C칸'(1938)에는 고립되어 있는 사람이 홀로
등장한다. 하지만 우리는 그 그림들을 보면서 외로움을
희석할 수 있다. 호퍼는 자동차와 기차에 관심이 많았다.
그가 제트여객기 시대를 화폭에 담을 만큼 오래 살지 못
한 게 유감이다.

비행과 명상을 조합하면 앙투안 드 생텍쥐페리도 떠오
른다. 그가 지은 소설《야간비행》은 강한 리더십으로 야간
비행을 개척하는 항공우편회사 이야기지만 사랑과 영원,
죽음과 공포 등 인간의 보편적인 문제로 우리를 데려간
다. 작가는《야간비행》에 대해 어머니에게 "이 소설은 밤
에 대한 최초의 추억"이라고 말했다.

생텍쥐페리는 교통수단인 비행기를 성찰의 도구 또는
명상의 성소로 바라보았다. 어순아 교수가 번역한《야간
비행》에는 이런 문장이 나온다. "어둠은 지상에서 시작되

하늘은 명상의 장소다. 생텍쥐페리는 밤하늘 위에서 사랑, 영원과 같은 인류의 근원적인 문제를 사색했고, 하루키는 구름 한 점 없는 창공에서 죽음의 감촉을 느꼈다.

고, 집집마다 등불을 켜면 그 등불은 별이 된다." 초저녁에 이륙해 하늘에서 지상을 내려다보는 대목에서다.

1920~30년대 야간비행은 죽음을 무릅쓰는 일이었다. 밤이 숨기고 있는 폭풍우와 안개, 위험하고 불확실한 곳을 향해 비행기를 날려보내는 일은 군사 작전에나 허용될 모험이었다. 출간 시점인 1931년은 항공 산업 초창기로 우편물 수송을 위해 밤에도 비행기를 띄우던 때다. 생텍쥐페리는 우편물보다는 밤이라는 무형의 공간에 사로잡혔던 것 같다. 그 장소에서의 명상을 이야기로 옮겼다.

무라카미 하루키는 그리스에서 쌍발 프로펠러 여객기를 탔다가 죽음의 문턱까지 다녀온 적이 있다. 로도스 공항에 가까워졌을 때 갑자기 양쪽 엔진이 딱 멈추어버렸다. 비행기 엔진이 멈추자 고요해졌다. 구름 한 점 없이 화창한 날이었고 세상은 더할 나위 없이 깨끗해 보였다. 저 멀리 에게 해(海)가 반짝이고 있었다. 산문집 《저녁 무렵에 면도하기》에서 작가는 이렇게 묘사한다.

"모든 것이 비현실적으로 아름답고 조용하며 아득히 멀리에 있었다. 나는 이대로 죽는다 해도 이상하지 않겠구나 싶었다. 자신이 점점 투명해지더니 끝내는 육체를 잃고 오감만이 남아 잔업 처리하듯이 세상을 마지막으로 보고 있는 것 같았다. 아주 신기하고 적막한 느낌이었다."

비좁은 의자, 시끄러운 엔진 소음, 10시간의 여행. 어쩌면 이런 상황이야말로 내적 대화를 하기에 최적의 조건이 아닐까?

이윽고 시동이 걸리고 사방이 다시 굉음으로 휩싸였다. 비행기는 공중을 크게 돌다가 활주로로 향했다. 무라카미 하루키는 자신의 육체를 되찾은 사람처럼 지상에 내렸고 와인을 마셨고 호텔에서 잠을 청했다. 그러나 죽음의 감촉은 작가에게 선명한 잔상을 남겼다. 죽음을 떠올릴 때마다 언제나 그 작은 비행기 안에서 본 풍경이 머릿속에 되살아난다고 한다.

스마트폰에는 '비행기 모드'(flight mode)라는 기능이 있다. 항공기에 탑승할 때 스마트폰의 모든 전파 신호를 차단하는 설정이다. 이 모드를 선택하면 인터넷은 물론 문자와 전화 기능을 사용할 수 없다. 전자기기가 비행기의 전자시스템을 방해할 수 있다는 우려 때문에 이착륙하는 동안에는 전원을 끄거나 비행기 모드로 바꾸라는 요청을 받곤 한다. 그런데 요즘에는 일상에서도 그것이 필요할 때가 있다.

로버트 켈리 부산대 교수는 2017년 3월 자택에서 영국 BBC와 박근혜 전 대통령 탄핵 관련 화상 인터뷰를 하다가 일종의 '방송 사고'를 냈다. 당시 네 살 된 딸 메리언과 생후 9개월의 아들 제임스가 갑자기 화면에 등장하는 바람에 당황하고 말았다. 아내가 황급히 두 자녀를 데리고 나가는 모습까지 생중계에 그대로 노출되었다. 며칠 뒤 열린 기자회견에서 켈리 교수가 말했다.

"딸을 화면에서 안 보이게 하려고 손으로 밀어내는데 아들이 보행기를 타고 들어오는 모습을 보며 '아, 이젠 끝이구나' 생각했다."

그런데 전화위복이었다. BBC는 오히려 이 '방송 사고'를 페이스북에 올리고 싶다고 요청했다. 이 깜찍한 영상은 BBC 페이스북과 유튜브 등에서 1억 건 이상 조회되면서 켈리 교수 가족은 세계적인 스타가 되었다. 방송 직후 언론의 취재 요청이 쇄도했다. 켈리 교수는 휴대전화를 '비행기 모드'로 전환해야 했다고 설명했다.

신을 중심으로 회전하던 세상은 사라졌다. 이제 우리는 각자 인생을 책임져야 한다. 저마다 삶의 운전대를 잡고 있는 셈이다. 평등하고 자유롭다는 점에서 그것은 힘이 되지만 불행까지 내 탓으로 여긴다는 점에선 무거운 짐이다. 우리는 비행기를 탈 때만큼은 조종사의 손에 운명을 완전히 맡긴다. 그래서 더 평온해진다는 사람들도 있다.

비행기가 이륙하고 나면 삶을 마음대로 쥐락펴락할 수 있다는 헛된 망상에서 한동안 벗어날 수 있다. 난기류를 만나 흔들리는 기내에서 우리는 그것을 물리적으로 체감한다. 지상에서보다 훨씬 더 겸허해진다. 예고 없이 어떤 상황이 닥칠 때 내가 할 수 있는 게 별로 없다는 생각이 뜻밖의 평정심을 준다.

사실 우리는 얕은 스마트폰 중독증을 앓고 있다. 다국적 온라인 여행사 익스피디아가 한국·미국·중국 등 세계 22개국 회원 1만2026명을 대상으로 조사해 발표한 '항공여행 보고서'에 따르면 비행하는 동안 필수품 1위 품목

강도의 차이가 있을 뿐, 현대인들은 누구나 스마트폰 중독증을 앓고 있다. '항공여행 보고서'에 따르면 한국인 절반 이상은 비행기에서조차 핸드폰이 없으면 불안해한다.

으로 꼽힌 것은 '물'이었다. 그런데 한국인은 달랐다. 무려 57%가 '비행기에서도 휴대전화가 없으면 살 수 없다'고 답했다.

'디지털 안식일(Digital Sabbath)'이라는 말이 있다. 일주일에 하루, 한 달에 하루만이라도 자발적으로 디지털 기기를 끊고 생활하자는 뜻이다. 구태여 비행기 모드를 선택하지 않아도 되는 기내야말로 명상하기 좋은 장소다. 먼저, 따로 할 게 많지 않다. 장거리 비행은 지루하다. 아마도 기내영화를 보거나 음악을 듣거나 책을 읽을 것이다. 혼자라면 더 빨리 지루해진다. 그렇다면 마음을 집중하고 가라앉히며 시간을 보내는 건 어떨까. 당신은 이미

성층권이 선물하는 비일상의 특권. 45센티미터 앞 스크린에 언뜻 비치는 나 자신에 집중해보는 시간을 가져보는 건 어떨까?

목적지의 75%쯤에 도달한 셈이다. 말없이 가만히 앉아 10시간을 보내야 하니까.

구름 위의 명상은 성층권에서 경험하는 피정이라 불러도 좋다. 비행기는 드물게 '비(非)일상'을 선물한다. 기내에 있는 동안에는 거추장스러운 스마트폰으로부터 해방된다. 공공연히 어떤 방해도 받지 않으면서 혼자만의 시간을 누릴 수 있다. 익숙해진 습관에서 벗어날 수 있다. 여러 악조건은 명상 훈련의 하나라고 생각하면 그만이다.

일하기 위해 사는지 살기 위해 일하는지 혼란스럽다. 휴가철에 해외여행을 가기 위해 1년 동안 밥벌이를 견딘다는 사람도 적지 않다. 자동차를 오래 타면 타이어가 틀어진다. 그 정렬 상태를 바로잡는 것을 '휠 얼라인먼트'라 부른다. 장거리 여행은 어쩌면 평형을 잃은 우리가 보내는 조난신호(SOS)에 응답하기 위해 존재하는지도 모른다.

늘 똑같은 곳에 있다면 생각 또한 틀을 벗어나지 못할 것이다. 당신은 지금 기내에 있다. 특별한 생각을 길어 올리기에 이보다 나은 장소는 찾기 어렵다. 이제 눈을 감고 심호흡을 해보자. 옆 승객이 이상하게 쳐다볼까 봐 겁난다고? 걱정 붙들어 매시라. 그는 당신이 자나 보다 여길 것이다.

구름 위의 명상은 성층권에서 경험하는 피정이라 불러도 좋다.

에어컨과 바이러스

코로나 바이러스도 차단하는 **공조 시스템**

Go To Traval !

자다가 깼다. 정신은 몽롱하고 뒤죽박죽이다. 기내 모니터로 운행정보를 보니 유럽과 아시아의 경계라는 우랄 산맥을 30분 전쯤에 넘었다. 독일 프랑크푸르트까지는 동유럽 상공을 몇 시간 더 날아가야 한다. 외부 온도는 영하 52도. 기내는 영상 23도였지만 기분 탓인지 좀 더 춥게 느껴졌다.

비행기는 소리로 가득 차 있다. 웅웅거리는 엔진 소음에 묻혀 좀처럼 들리지 않지만 기내에는 갤리나 화장실에서 새어나오는 소리 말고도 멈추지 않는 기계음이 있다. 가령 승객은 얼굴을 때리는 '작은 회오리바람' 소리를 경험한다. 에어컨이다. 머리를 뒤로 젖혀 선반 쪽을 올려다보니 송풍구(air nozzle)가 있었다. 그 구멍으로 찬 바람이 줄기차게 내려왔다. 저 송풍구를 잠글 것인가 말 것인가.

체감 기온은 온도계로 측정된 기온이 아니다. 피부로 느끼는 공기의 온도. 어떤 사람은 남달리 추위를 탄

찬 바람이 줄기차게 내려왔다. 저 송풍구를 잠글 것인가, 말 것인가.

다. 행복도 그런 관점으로 볼 수 있다. 생물학자들은 연봉이나 승진, 연인이 아니라 도파민(쾌락)이나 세로토닌(행복 혹은 우울), 옥시토신(사랑) 같은 신경전달물질이 행복을 결정한다고 말한다. 기뻐서 펄쩍펄쩍 뛰는 사람은 사실 혈관 속을 요동치며 흐르는 다양한 호르몬과 뇌의 여러 부위에서 오가는 전기신호의 폭풍에 반응하는 것이다.

인간의 생화학 시스템을 극심한 더위가 다가오든 눈보라가 몰아치든 온도를 일정하게 유지해야 하는 '공조 시스템'에 빗대는 가설도 있다. 사고가 생겨 온도가 일시적으로 바뀔 수는 있지만, 공조 시스템은 언제나 설정값으로 온도를 되돌려놓는다. 설정값은 사실상 타고난다. 이스라엘 역사학자 유발 하라리는 베스트셀러 《사피엔스》에서 이런 해석을 보탰다.

"행복 조절 시스템은 사람마다 다르다. 1에서 10까지의 척도로 볼 때 어떤 사람은 기분이 6에서 10 사이에서 움직이다가 8에서 안정되는 즐거운 생화학 시스템을 가지고 태어난다. 또 다른 사람은 기분이 3에서 7 사이를 오가다 5에서 안정되는 우울한 시스템을 타고난다."

무슨 일이 닥쳐도 상대적으로 즐거운 상태를 유지하는 사람이 있는가 하면 어떤 선물을 주어도 항상 언짢은 상태인 사람도 있다. 새 차 구입이나 복권 당첨이 우리의 생화학 시스템을 바꾸진 못한다. 아주 잠깐 더 행복해질 수는 있지만 시간이 지나면 원래 설정된 값으로 돌아오기 마련이다. 그렇다면 나는 '즐거운 생화학'에 당첨된 사람일까, 아니면 '우울한 생화학'을 타고났을까?

ㅇㅅㅅ하게 찬 공기를 토해내는 에어컨 송풍구를 째려보며 생각했다. 담요를 어깨 높이로 올려 덮었다. 그새 잠이 다 달아났다.

으스스하게 찬 공기를 토해내는 에어컨 송풍구를 째려보며 생각했다. 담요를 어깨 높이로 올려 덮었다. 그새 잠이 다 달아났다.

윌리스 캐리어(Carrier)는 에어컨으로 유명해지기 전에 미국 뉴욕의 제조업체에서 일하던 엔지니어였다. 당시 브루클린의 한 인쇄소는 여름철마다 습도가 높아 종이가 축축해지거나 잉크가 번지는 문제로 골머리를 앓고 있었다. 캐리어는 1902년 그 인쇄소의 의뢰를 받고 습도 조절 장치를 개발했다.

무덥고 습한 공기를 끌어들여 습기를 제거하고 나서 다시 내보내는 이 기계는 '공기처리장치'라는 명칭으로 특허를 받았다. 캐리어는 또 1906년 한 방적공장으로터 마찰열을 제거해주는 기계를 고안해달라는 주문을 받고 공기냉각장치를 만드는 데 성공했다. 에어컨의 역사는 이 렇게 시작되었다. 1920년대에는 백화점과 극장과 백악관에, 1950년대부터는 일반 가정에 보급되었다.

액체가 기체가 될 때는 주변의 열을 흡수하고 반대로 기체가 액체로 될 땐 열을 방출한다. 여름철에 달구어진 노면에 물을 뿌리면 액체가 기체로 변하는 것을 볼 수 있다. 이때 지면의 열도 빼앗아간다. 에어컨도 이 원리를 응용한다. 냉매 가스에 강한 압력을 주어 응축시켜 액체로 만든 뒤, 다시 냉매가 기화되면서 주변의 열을 흡수할 때 차갑게 식은 공기를 밖으로 내뿜는 식이다. 기화된 냉매 가스는 다시 압축기를 이용해 액체로 만드는 과정을 반복한다.

아무튼 최초의 에어컨은 사람이 아니라 책을 위해 태어났다. 온라인 서점 예스24에 의뢰해 장마와 책 판매의 상관성을 조사한 적이 있다. 일주일 내내 비가 온 2011년 6월 23~29일(강수량 317.5밀리미터)과 일주일 내내 맑았던 2012년 6월 21~27일(강수량 0밀리미터)을 비교했다. 양쪽 다 목요일부터 수요일까지였다. 장마 기간에는 매출이 10% 증가하는 것으로 나타났다. 비 소식을 접하면 오프라인 서점은 손님이 줄까 봐 울상이다. 거꾸로 온라인 서점은 책 주문량이 늘어나니 비를 반긴다. 위에 언급한 대로 서점이라는 업종은 동일하지만 '날씨의 생화학'은 사뭇 다른 것이다.

장마철에 습도는 70~80%로 치솟는다. 국립중앙도서관은 국제보존서고 환경 기준에 따라 온도 18~22도, 습도 45~55%의 항온항습 장치를 두어 장서를 관리한다. 습도 60%, 온도 25도 이상의 조건이 사흘 이상 이어지면 책에 곰팡이가 슬거나 '책벌레(먼지다듬이)'가 생길 수 있기 때문이다. 책벌레는 종이를 갉아먹고 번식하며 배설물은 얼룩이 된다.

가정에서도 창고나 다락방에 책을 대량 보관할 경우 습도 조절이 필수적이다. 한번 생긴 얼룩은 지워지지 않는다. 책을 여유 있게 꽂아 바람이 잘 통하게 하고 고서(古書)는 눕혀서 보관하고 제습제나 제습기를 쓰는 것도 방법이다. 조선 시대에는 맑고 바람 좋은 여름날에 책을 볕에 쪼여 말리는 일을 했다. '포쇄(曝曬)'라고 하는데, 담당 벼슬아치(포쇄관)를 따로 두었다.

비행기는 훨씬 더 정교한 에어컨과 공조 시스템을 내장하고 있다. 고객이 책이나 영화가 아니라 사람이기 때문이다. 장거리를 날아가는 동안 수많은 장치가 질서정연하게 움직이며 기내 압력과 온도를 조절하고 공기를 순환시킨다. 이런 공조 시스템이 없다면 쾌적하고 편안한 비행은 불가능할 것이다.

순항 고도는 에베레스트(8848미터)보다 높다. 두 가지 이유 때문이다. 공기 밀도가 낮아야 저항을 적게 받고 결과적으로 연비를 줄일 수 있다. 또 난기류가 적고 날씨 조건도 양호해 더 안전하다. 공기 밀도가 낮다는 말은 기압이 낮고 산소가 희박하다는 뜻이다. 따라서 기내에서는 공기 압력을 높여 탑승자가 정상적으로 호흡할 수 있게끔 하는 여압(與壓) 시스템이 필수다. 그러지 않으면 조종사나 승객이 산소 부족으로 의식을 잃을 수 있다.

그렇다면 기내 공기는 어떻게 압축할까. 타이어에 바람을 넣듯이 바깥 공기를 계속 주입한다. 너무 많이 넣으면 비행기 창문이 날아갈 테고 너무 적게 넣으면 승객이 기절할 테니 섬세한 균형이 필요하다. 비행기가 10킬로미터 상공에 있을 때 승객이 느끼는 기압은 2000미터 높이의 산에 오른 것과 비슷하다. 바깥 공기를 어떻게 마시냐고? 걱정 붙들어 매시라. 여느 사무실 공기보다 신선하고 안전하니까.

비행기 엔진은 외부 공기를 빨아들이는데, 이때 들어온 공기는 압축기를 거치며 약 200도의 고온·고압 멸균 상태가 된다. 가열된 압축 공기는 곧바로 오존 정화장치를 거친다. 대기 상층부에서 자연적으로 발생하는 오존을 산소로 변환시킨다. 그다음엔 에어컨 팩으로 옮겨져 냉각된다. 이 공기가 송풍기로 기내에 들어올 때는 승객이 편하게 호흡할 수 있는 정도의 기압을 형성한다. 반대로 착륙을 앞두고 비행기가 하강할 때는 동체 후면에 있는 배출밸브로 실내 공기를 내보내 기내 압력을 조절한다.

만약 비행 중에 어떤 사고로 공기가 압축되지 않으면 어떻게 될까. 일단 산소 부족으로 숨쉬기가 어려워진다. 문제는 폐뿐만이 아니다. 뇌도 의식을 유지하려면 산소가 필요하다. 저산소증은 속이 메스껍고 어지럽고 숨이 차고 계속 하품을 하게 만든다. 기내 기압이 갑자기 떨어지면 안전영상에서 숱하게 보았듯이 산소마스크가 내려온다.

세계보건기구(WHO)는 2020년 3월에 코로나 팬데믹, 즉 세계적 대유행을 선언했다. 하지만 2015년 메르스 때 그랬던 것처럼, 기내 감염 사례는 거의 보고되지 않았다. 200~300명이 다닥다닥 붙어 앉는 이코노미 클래스에서는 사회적 거리 두기는커녕 밀접 접촉이 불가피한데 어떻게 무사했을까.

그 비밀은 공기 순환 시스템과 고성능 미립자 공기 필터에 있다. 우리가 비행 중에 마시는 공기는 쉽게 말해 '반반(半半)'이다. 50%는 엔진을 통해 들어온 외부 공기, 나머지 50%는 객실에서 배출된 내부 공기라는 뜻이다. 외부 공기는 위에 설명한 여러 장치를 거치며 적당한 온도로 멸균된 상태다. 내부 공기는 헤파(HEPA · High Efficiency Particulate Air) 필터로 비말(기침을 할 때 튀는 배우 작은 침방울)이나 에어로졸에 포함된 바이러스를 99.9% 이상 완벽하게 걸러낸 상태다. 습기도 제거된다. 이렇게 5대5 비율로 혼합된 공기가 송풍구를 통해 승객의 허파로 들어간다. 장거리 비행을 하는 항공기에는 헤파필터가 기본으로 장착되어 있다.

환기는 2~3분마다 이루어진다. 이 객실 공기에는 한

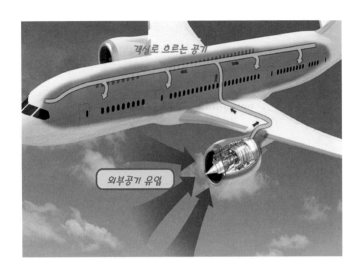

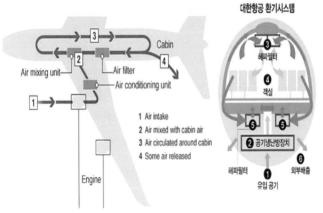

대한항공 환기시스템

혜파필터

③

④
객실

⑤

② 공기냉난방장치

혜파필터 ①
유입 공기

외부배출 ⑥

Cabin

Air mixing unit
Air filter

Air conditioning unit

Engine

1 Air intake
2 Air mixed with cabin air
3 Air circulated around cabin
4 Some air released

가지 불문율이 있다. 결코 수평으로 흐르지 않는다는 사
실이다. 대한항공 관계자는 "객실 위쪽 선반의 송풍구로

깨끗한 공기가 공급되고 다시 객실 아랫쪽 배출구로 나가는 과정을 반복하면서 기내를 쾌적하게 유지한다"며 "승객의 머리 위에서 발 밑으로 '에어 커튼(air curtain)'처럼 수직으로 흐르기 때문에 바이러스가 앞뒤로 퍼지는 것을 막아준다"고 설명했다. 코로나 바이러스는 비말로 전염되는데, 무게가 있어 공기중에 날아다니지는 않고 바닥으로 바로 떨어진다.

차세대 항공기인 보잉 787-9에는 총 3개의 필터가 설치되어 있다. 화물칸 벽 내부나 기내 천장·바닥 하부에 있어 눈에 잘 띄지 않는다. 3개의 필터는 바이러스와 박테리아를 제거하는 헤파 필터 1개와 오염된 기체 물질을 차단하는 공기정화 필터 2개로 구성되어 있다. 헤파 필터는 비행 8000시간마다, 공기정화 필터는 3000시간마다 교체한다.

그렇다고 해서 기내 감염 위험성을 완전히 배제할 수는 없다. 춥다고 송풍구로 팔을 뻗기 전에 자문해볼 일이다. 송풍구를 잠그면 나를 보호해주는 에어 커튼이 약해질 텐데 각오가 되어 있는가? 전염병이 창궐한 시기에는 아서라. 기내는 또 습도가 낮아 콧속 점막이 금세 건조해지기 때문에 바이러스가 침투하기 쉽다. 송풍구를 잠그느니 담요를 하나 더 덮는 편이 안전하다.

이 책의 네 번째 챕터에서 '장거리 비행의 경우 창가석보다 복도석을 선호하는 승객이 많다'고 썼다. 하지만 바이러스로부터 더 안전한 자리는 창가석이다. 전문가들은 "바이러스는 앞이나 뒤, 옆에 앉은 승객으로부터 올 가능성이 높다"며 "그런 시기에는 창가석을 선택하라"고 권한다. 복도석이나 가운데 좌석에 앉으면 당신을 둘러싼 승객이 8명이지만 창가석에서는 5명으로 감소하기 때문이다. 접촉 면적이 줄어드니 감염 위험도 낮아진다.

살면서 저산소증을 경험한 적이 딱 한 번 있다. 비행 중에 일어난 사고는 아니었다. 2019년 7월 끝자락에 '유럽의 지붕'이라는 스위스 융프라우(해발 4158미터)에 갔다가 겪은 고산병이다.

코로나로 하늘길이 막히기 전 마지막 해외 출장이었는데 적어도 두 가지가 특별했다. 한여름에 눈밭을 밟는 '하얀 휴가(white vacation)'였고, 두 발로 평생 가장 높은 고도에 섰다. 한여름에 여행 가방에 가을 점퍼와 긴소매, 선글라스와 선크림을 챙길 때부터 궁금했다. 해발 3454미터

살면서 저산소증을 경험한 적이 딱 한 번 있다. '유럽의 지붕'이라는 스위스 융프라우(해발 4158미터)에 갔다가 겪은 고산병이다.

높이에 있는 융프라우요흐역까지 기차를 타고 오른다지만 한라산 정상(1947미터)도 안 가본 몸이 과연 견뎌낼 수 있을까?

'맑음. 체감 기온은 17도.' 숙소가 있는 해발 566m 인터라켄(interlaken)에서 스마트폰이 알려준다. 이름처럼 '두 호수 사이에' 있는 이 도시는 융프라우 여행객의 베이스캠프다. 남동쪽으로 멀리 눈 덮인 산이 셋 보였다. 왼쪽부터 아이거, 묀히, 융프라우. 고산 지대에 적응할 겸 사흘에 걸쳐 조금씩 높이 올라가보기로 했다.

첫날 행선지는 쉬니케 플라테. 해발 1967미터에 있는 식물원이다. 온갖 역경을 뚫고 1912년에 개통된 융프라우 철도는 느린 게 특징이다. 초속 2미터쯤 되려나. 톱니바퀴 열차는 느릿느릿 산으로 향했다. 좌우가 뻥 뚫려 있다. 야생화로 물든 들판과 양봉 통, 젖소가 보였고 구부러진 터널을 지나자 침엽수림이 펼쳐졌다. 기관사 마크는 "아름다운 자연으로 여행객을 실어나르는 이 직업을 사랑한다"고 했다.

서늘해지면서 공기 맛이 달라졌다. 인공적으로 만든 기내 공기가 아무리 깨끗하다 한들 대자연 앞에는 명함도 못 내민다. 아래로 인터라켄과 두 호수가 보였다. 카메라 셔터 누르는 소리가 들렸다. 멋진 풍경을 소유하고 싶은 욕망이다. 서두를 필요는 없었다. 그림엽서 같은 비경이 사흘 내내 끊임없이 나타났다.

어제는 제트 여객기(시속 900킬로미터)로 날아왔는데 오늘은 시속 10킬로미터로 승객을 실어 나르는 기차라니. 여느 여행지와는 다른 시차 적응이 필요했다. 게으름의 미덕에 대해 생각할 기회였다. 바쁘게 움직인다고 더 행

그림엽서 같은 비경이 사흘 내내 끊임없이 나타났다.

복해지는 것은 아니다. 우리가 이따금 불행하다고 여기는
이유는 어쩌면 충분히 게으르지 않기 때문이다. 게으름이
라는 사치를 만끽하기로 했다.

 둘째 날 행선지는 2168미터에 있는 휘르스트. 플라이
어(집라인), 글라이더, 마운틴 카트, 트로티 바이크(자전거)
같은 액티비티 천국이다. 탑승하기 전에 '위험을 감수하
겠다'는 각서를 썼다. 최고 시속 84킬로미터로 800미터를
하강하는 플라이어를 탈 땐 기대와 불안이 뒤범벅되었다.

앞은 까마득한 내리막. 줄을 꽉 잡았다. 짧은 카운트다운 후 철커덩, 문이 열렸다. 중년 남자가 허공으로 미끄러졌다. 눈을 감았다 떴다. 눈 쌓인 고봉들이 보였다.

이곳에 여러 번 와봤다는 한 여행사 대표는 "아이거 북벽의 무늬가 달라졌다"고 했다. 숱한 등반가를 삼킨 수직의 아이거 북벽은 '하얀 거미'라던 예전 그 모습이 아니었다. 지구온난화 때문이다. 아이슬란드의 빙하 장례식처럼 알프스 만년설도 녹고 있다.

셋째 날 드디어 융프라우에 올랐다. 그린델발트를 거쳐 기차를 두 번 갈아탔다. 출발하기도 전에 고산병을 근심했다. 백두산 높이인 2750미터를 넘자 산소가 부족하다는 신호가 왔다. 머리가 아팠고 속이 울렁거렸다. 고산병 전문가가 일러주는 대로 심호흡을 하고 휘파람을 불었다. 물을 많이 마시고 추위를 느끼기 전에 옷을 껴입으니 견딜 만했다. 다행히 비아그라가 필요하진 않았다.

이날 한국 남자 핸드볼 대표팀은 융프라우에 있는 알레취 빙하에서 스위스 프로팀과 이벤트 경기를 했다. 기압이 낮아 더 딴딴해진 공을 놓치기 일쑤였다. 스위스 선수의 슛이 골대를 넘어 빙하로 굴러가는 바람에 공을 바꾸기도 했다.

　자연(自然)은 한자 그대로 '스스로 있는 존재'다. 융프라우는 변화무쌍한 구름에 휩싸여 있었다. 약 6만 년 전에 형성된 빙하는 '특별한 무언가는 되지 못해도 살아갈 의미가 있는 존재'라고 말하는 것 같았다. 우리가 종종 산이나 바다, 빙하처럼 인간이 아닌 것과 접촉하고 싶어 하는 까닭을 새삼 깨달았다. 한여름에 에어컨 없이 보낸, 잊을 수 없는 사흘이었다.

10

기내 여행하기

승무원의 비밀 공간 **'벙커'**를 아십니까

Go To Traval!

7시간 30분 길이의 연극을 본 적이 있다. 2006년 서울 LG아트센터 무대에 오른 러시아 말리 극장의 '형제자매들'(연출 레프 도진)은 한국 연극 공연 사상 최장 러닝타임 기록을 가지고 있다. 쉬는 시간만 130분(총 3회). 웬만한 연극 한 편보다 길었다. 오후 2시 30분 시작해 밤 10시에 끝났다. 관람이라기보다 체험에 더 가까웠다.

좌석에 꼼짝 않고 앉아 있어야 한다는 점에서 장거리 비행과 조건이 비슷했다. 엔진 소음과 난기류, 안전벨트는 없지만 이 마라톤 연극 또한 길고 피로울 수 있는 여행이라서 특별한 준비를 요구했다. 흥미롭게도 이코노미클래스증후군 예방법이 그대로 적용되었다. 정형외과 전문의는 "허리 근육이나 인대에 쌓이는 피로감을 줄이려면 쉬는 시간에 허리를 굽혔다 펴거나 돌리며 풀어주어야 한다. 가볍게 걷거나 스트레칭을 하는 것도 좋다"고 관객에게 조언했다. "딱딱한 구두는 피하고 부드러운 신발을 신어야 하며 안약을 준비하라"는 팁도 나왔다.

'형제자매들'은 러시아 작가 표도르 아브라모프의 소설이 원작이다. 스탈린 집권기 집단농장을 배경으로 삶과 땅, 가족에 대한 애착을 생생하게 보여준다. 연출을 맡은 레프 도진은 로버트 윌슨, 아리안 므누시킨 등에 이어 2000년 유럽연극상을 받았다. "처음과 끝이 있는 삶은 비극이다. 연극으로 삶의 소중함을 일깨우고 싶다"는 게 그의 연극관이다.

'영혼의 드라마'를 연출한다는 레프 도진의 표를 예약하고 꾸벅꾸벅 존다면 망신 아닌가. 공연 보기 전날 충분한 수면은 필수였다. 러시아어 공연으로 무대 좌우에 있는 자막(3600번 바뀐다)을 들여다보느라 눈의 피로도 심했다. LG아트센터는 "안구 건조증 등 눈 관련 질환이 있는 관객은 안약이나 식염수를 준비하는 게 좋다"고 안내했다. 저녁식사 시간은 90분. 전문가들은 가벼운 음식을 권했다. 말리 극장이 상트페테르부르크에서 10시간짜리 '악령'을 공연할 땐 점심·저녁 도시락을 싸오는 관객이 많다고 한다.

세계적으로 공연시간이 가장 긴 연극은 1985년 피터

브룩이 연출한 '마하바라타'였다. 12시간짜리로, 저녁에 시작해 아침에 끝나기도 했다. 이렇게 긴 연극을 하는 이유는 "일상으로부터 단절된 공간과 시간을 제공하는 게 극장의 역할"(레프 도진)이기 때문이다.

비행기 탑승이 흔해졌지만 일상적인 경험이라 부르기에는 아직도 거리감이 있다. 미국이나 호주, 유럽으로 향하는 장거리 비행이라면 더더욱 그렇다. 고도 10킬로미터에서는 기압이 낮아 몸속 물과 공기 부피가 1.5배 이상 팽창한다. 기내에서 음식을 조금만 먹어도 속이 더부룩하고 방귀와 트림이 나오는 이유다. 산소 농도가 옅고 저기압인 상황에서는 혈압과 심박동 관련 교감신경계도 예민해진다. 오래 앉아 있다 보니 혈액이 끈적거릴 수도 있고 심장 혈관 관상동맥이 좁아질 위험도 지상보다 크다.

그렇다면 긴 마라톤 연극을 볼 때처럼 중간중간 인터미션(intermission)이 요구된다. 영화나 음악, 책으로 기분 전환을 하는 게 아니라 자리에서 일어나 움직이는 시간 말이다. 화장실에 갈 때 말고도 혈액 순환도 돕고 다리에 붓기도 뺄 겸 몸을 일으켜 스트레칭을 하고 비행기 안을 걸어다닐 필요가 있다. 전문가들은 매 시간마다 다리 근육을 운동시키는 게 좋다고 말한다. 보다 흥미로운 이름을 붙이자면 '기내 여행하기'다.

그자비에 드 메스트르는 1790년 프랑스 튀랭의 어느 아파트 꼭대기 층에 살 때 장차 유명해질 선구적인 여행 방식을 창안했다. 그것은 남아메리카 항로나 적도여행, 미지의 대륙을 발견한 마젤란이나 쿡처럼 용감하고 위대한 여행들과는 사뭇 달랐다. 짐을 챙길 필요도 없다. 넓은 바깥세상이 아니라 자신의 침실을 탐사한 것이다. 전부 안다고 생각했던 친숙한 곳을 낯설게 바라보며 새로운 것을 발견하기. 이 괴상하고 대담한 아이디어는 《내 방 여행하는 법》이라는 책으로 국내에 번역되었다.

등잔 밑이 어두운 법이다. 내 방 여행하기라니, 세상에서 가장 값싸고 알찬 여행이다. 저자는 먼 땅으로 떠나기 전에 이미 본 것에 대해 다시 주목하라며 슬며시 옆구리를 찌르는 셈이다. 우리는 과거 어느 시대보다 더 여행을 많이 하지만 왜 여행하는지에 대해 좀처럼 자문하지 않는다. '바깥 여행(travel outside)'에 대한 욕망에는 '내면 여행(travel inside)'을 향한 갈망이 숨어 있는지도 모른다.

해외여행에도 알게 모르게 우리가 놓치는 공간이 존

재한다. 그중의 하나는 긴 여행의 입구랄 수 있는 여객기 내부일지도 모른다. 나도 100여 회 장거리 비행을 했지만 기내에 비밀스런 공간이 존재한다는 사실은 몇 년 전에야 알았다. 그런 발견이 가능했던 것도 비행기는 그저 지루한 공간이라는 선입견이 강했던 탓이다. 17세기 프랑스 작가이자 수학자 블레즈 파스칼은 《명상록》에서 이렇게 썼다. "인간의 불행의 유일한 원인은 자신의 방에 고요히 머무는 방법을 모른다는 데 있다."

기내에서 보내는 10시간은 불편하고 지루하다. 기내식을 먹고 영화를 보고 책을 읽고 음악도 듣고 잠도 잤지만 그래도 앞으로 5시간을 더 날아가야 한다면? 그 자비에 드 메스트르가 남아메리카 밀림만큼이나 침실이 흥미로운 장소라는 것을 발견했듯이, 비행기 내부에는 우리가 미처 몰랐던 기막힌 공간이 존재한다. 고정관념을 버리고 마음을 열어 사소한 풍경도 다시 보는 게 모름지기 여행자의 자세 아닌가.

비행기는 당신이 생각하는 것보다 훨씬 더 넓다. 세계에서 가장 큰 여객기종은 2007년 운항을 시작한 A380이다. 동체 길이가 73미터에 달한다. 2층 구조로 되어 있는

A380은 기존 B747-400 점보기보다 동체 폭이 넓어 더 큰 객실공간을 제공한다. 객실 면적은 550제곱미터, 즉 166평에 이른다. 통로가 붐비지 않는 시간에 기내를 한 바퀴 돌아보면 그 넓이를 물리적으로 체감할 수 있다.

10시간 넘게 비행하면서 좁은 일반석에서 온갖 불편을 견뎌야 하는 승객의 고통은 결코 작지 않다. 그런데 이곳이 일터인 사람도 있다. 기내에서 온갖 서비스를 하는 승무원은 쉴 틈이 없어 보인다. 식사와 음료 제공부터 승객들의 요청에 일일이 응대하느라 바쁘기 마련이다.

일본 국제선 승무원이 쓴 《퍼스트클래스 승객은 펜을 빌리지 않는다》에는 승무원이 비행을 한 번 할 때마다 기내에서 1만4000~1만5000보를 걷는다는 대목이 나온다. 나는 지상에서 출근부터 퇴근까지 하루에 6000보도 걷지 않는 날이 많다. 그 책에 따르면 뉴욕에서 도쿄로 가는 귀국편은 맞바람의 영향으로 비행시간이 더 길기 때문에 3만 보에 이르는 경우도 있다고 한다.

그렇게 통로를 바쁘게 오가던 승무원들이 좀처럼 보이지 않는 구간이 있다. 첫 번째 식사와 두 번째 식사 사이, 객실등이 꺼지면서 차분해지는 시간대다. 이때 승객들은

세계에서 가장 큰 여객기종 A380. 붐비지 않는 시간에 기내를 돌아보면 넓이를 체감할 수 있다. 그리고 이곳이 일터인 승무원들의 노동 강도를 어렴풋이나마 가늠하게 된다.

대체로 잠을 청하거나 영화를 보거나 책을 읽는다. 그제야 객실 승무원도 앉아서 숨을 돌릴 수 있다. 지속 불가능한 연속 근무를 잠시 멈추고 당번만 남긴 채 휴식을 취하게 된다.

그렇다면 승무원들은 대체 어디로 사라진 것일까? 그들이 쉬는 곳은 갤리도 아니고 비상구 앞 간이좌석도 아니다. 소형 여객기와 달리 장거리 비행에 투입되는 대형 여객기에는 '비밀 공간'이라 불리는 장소가 있다. 승객은 고도 10킬로미터 성층권 하부가 일터인 조종사와 승무원

(좌) 기내식 서빙부터 선반 정리까지 그야말로 '열 일' 하는 스튜어디스. 원래는 응급조치 능력이 있는 간호사가 스튜어디스의 시초였다.
(우) 10시간 이상 되는 장거리 비행에서 승무원들은 얼마나 걸어 다닐까? 한 번 비행에 1만4,000~1만5,000보를 기내에서 걷는다고 한다.

의 휴식을 위한 별도의 공간에 접근할 수 없다.

그들은 쉬면서 잠도 잘 수 있는 이 승무원 전용 공간을 '벙커(bunker)'라고 부른다. 사전적 의미는 (고정되어 있는) 큰 궤, 배의 석탄 창고 등을 뜻하지만 군사 용어로는 엄폐호, 은신처를 가리키기도 한다. 승무원 휴식처가 승객에게는 잘 보이지 않게 숨어 있는 공간에 설치되어 있다 보니 '벙커'라는 용어가 사용된 것으로 보인다.

2007년 대선 때 이른바 'BBK 사건'이 있었다. 핵심 관련자 김경준 씨는 당시 미국 교도소에 수감되어 있다가 국내로 송환되었지만 비행기가 이륙하기 전까지 기내에서 그를 본 승객은 없었다고 한다. 벙커에 격리되어 있었기 때문이다. 승객들이 김씨를 알아보고 국내에 연락해 송환 사실이 미리 알려지는 것을 막으려는 의도였다.

승무원들은 장거리 비행 중 벙커에서 잠깐씩 휴식을 취한다. 벙커는 항공사나 기종에 따라 그 규모나 위치 등이 다르다. 항공기를 구매할 때 기내 인테리어 요구사항에 따라 만들어지기 때문이다. 대한항공의 경우 벙커는 통상 비행시간이 8시간 이상이거나 심야시간에 출발하는 비행편에서 활용된다고 한다. 벙커의 실제 모습은 어떨까. 항공사들은 아주 가끔 언론에 그 비밀공간을 공개한다.

보잉777과 보잉787 여객기 내부에 있는 벙커가 2016년 언론에 노출된 적이 있다. 이 승무원 침실은 승객 좌석의 천장 위 공간에 있는 경우가 많다. 기종에 따라 다르지만 일등석 윗부분에 승무원 침실이 있는 경우가 대부분이다. 보잉777의 경우 승무원이 식사 및 음료를 준비하는 갤리와 일등석 통로 사이, 조종석 근처에 침실로 향하는 문이 있다. 열쇠로 열거나 비밀번호를 입력하면 열리며, 문을 열면 위층 침실로 향하는 좁은 비밀계단이 나타난다.

커튼 뒤 승무원들의 전혀 다른 모습이 펼쳐지는 공간, 갤리. 상냥함보다 신속하고 정확한 일처리가 최고 덕목이 되는 곳.

　　보잉787 드림라이너에 있는 벙커는 창문이 없는 방에 한 사람씩 누울 수 있는 매트리스 7~8개가 놓여 있다. 칸막이 역할을 하는 커튼이 천장에 달렸다. 보잉777의 경우 승무원 6~10명이 잘 수 있는 공간이 마련되어 있다. 보잉 787 승무원 침실 매트리스의 크기는 세로 182센티미터, 가로 76센티미터 크기다. 매트리스 주변에 있는 커튼은 가정용 커튼보다 훨씬 두껍고 무거워서 소음을 막아주는 기능을 한다. 침대 하나당 한 사람만 이용할 수 있으며 침

일반 승객들은 볼 수 없는 승무원들의 침실(보잉787). 장거리 비행 중 유일한 사적인 공간은 세로 182센티미터, 가로 76센티미터의 매트리스와 커튼으로 나뉘어 있다.

실 내부에 독서등과 거울, 간이 창고 등이 갖추어져 있다.

영국항공 스튜어디스가 한 말이 기억에 남는다. "보잉 747 승무원 침실은 전부 이층침대로 구성되어 있어요. 그리고 보잉777 벙커에서는 뭐랄까, 마치 관(棺)에 들어가 잠자는 느낌이지요." 그림으로 본 그 '관'은 그래도 편안해 보였다. 수평으로 누워 베개 베고 담요 덮고 잘 수 있으니까. 하지만 한 승무원은 "내 파자마를 입고 곰인형을 안고 있어도 그곳에서 꿀잠을 자기는 어렵다"고 했다.

장거리 비행을 하면 기내 화장실에 서너 번쯤 들어간다. 콤팩트한 공간을 200% 활용하는 기술이라도 보여주겠다는 듯이 거울과 세면대, 좌변기와 휴지통, 기저귀 갈이용 테이블 등이 들어차 있다. 기내 화장실에서 지상과 가장 다른 것은 좌변기다. 이것엔 물이 담겨 있지 않기 때문이다.

용무를 마치고 수세 버튼을 누르면 흡입장치가 굉음을 내면서 세상을 전부 빨아들일 기세로 작동한다. 화장실 배설물은 기압차를 이용한 진공 시스템이 흡입한 뒤 비행기 하단에 있는 커다란 정화조로 보낸다. 그렇게 많은 승객이 이용하지만 대체로 늘 청결하다. 항공사에 따라 다르지만 액체형 비누(핸드워시), 핸드크림, 칫솔 같은 용품이 준비되어 있다.

2020년 코로나 사태로 사람들은 비누를 재발견했다. 귀가하면 욕실로 직행했다. 비누는 촉감이 둥글고 미끌미끌하다. 물에 적셔 문지르면 곧 거품이 일어난다. 질병관리청 지침대로 흐르는 물에 손 구석구석을 30초 이상 씻었다. 비누가 불안과 공포를 가라앉힐 수 있다는 사실을 그제서야 알았다.

감염병과 싸우느라 이 세정제와 보내는 시간이 길어졌다. 무엇보다 손을 훨씬 더 자주 씻었다. 직장에서는 화장실에, 집에서는 욕실에 더 빈번히 들락거렸다. 하루에 손을 10번 씻으면 5분, 20번이면 10분이 걸린다. 샤워까지 합치면 날마다 15분쯤은 비누가 내 손에 붙어 있다시피 했다.

위생용품 코너에서 비누가 담긴 종이 갑을 자세히 관찰하다 전에는 보지 못한 글자에 눈이 사로잡힌 적이 있다. '항균 기능 강화.' 매운 고추로 이름난 충남 청양에서 만든 상품이었다. 무게가 100그램이라는 것도 처음 알았다. 욕실용은 아니지만 딱풀처럼 생긴 '휴대용 비누'도 날

렵하면서 믿음직스러워 보였다.

고대 메소포타미아의 수메르인이 산양 기름과 나무의 재를 끓여서 비누를 처음 만들었다는 설이 있다. 비누는 19세기 이후 대중화되어 인류의 수명을 20년 늘린 발명품이다. 비누가 보급되기 전에는 감염병이 한 번 돌면 한 도시 단위로 떼죽음을 당했다. 한동안 존재감을 잃었던 이 물건이 21세기에 코로나가 창궐하자 다시 스포트라이트를 받았다.

코로나 사태가 만든 뉴노멀(new normal · 새로운 표준)은 장거리 비행 중에도 매한가지다. 기내 화장실은 승객이 생리 현상을 해결하고 양치를 하고 손을 씻는 곳이면서 정신위생에도 도움을 주는 장소다. 촛불이 어둠을 밀어내듯이 비누는 바이러스에 대한 불안을 몰아낸다. 손을 씻을 때 그 촉감, 미끌미끌한 침묵이 고맙다.

하늘에도 길이 있다. 항로, 교차로, 합류점, 신호기가 종횡으로 깔려 있고 특정 구간에 항공편이 몰리면 정체를 빚는다. 항공편 출발이나 도착이 늦어지는 여러 이유 중 하나다. 인천공항을 출발해 중국 베이징 방면으로 가거나 베이징을 통과해 유럽으로 가는 항로가 대표적인 병목 구간으로 꼽힌다. 비행 고도를 달리하거나 수평 간격을 떨어뜨려 비행기를 여러 대 통과시키는데 상황에 따라 그 수용량(시간당 약 7~8대)은 가변적이다.

안타깝게도 여객기 조종석(cockpit)에 들어가본 적은 아직 없다. 조종석 앞에 펼쳐지는 하늘과 구름이 어떤 모습일지 궁금하다. 기장과 부기장은 방향계와 고도계를 점검하면서 이따금 앞서 가는 비행기가 하얀 비행운을 만들어내는 장면도 볼 수 있다. 일반석에서 창문으로 스쳐가는 풍경과는 사뭇 다를 것이다.

장거리 비행은 풀코스 마라톤과 닮아 있다. 서른세 살 때부터 달리기가 습관이 되었다는 작가 무라카미 하루키는 일주일에 6일, 하루에 10킬로미터를 달린다.《달리기를 말할 때 내가 하고 싶은 이야기》라는 책에 밝힌 내용이다. 조깅 페이스로 한 시간을 달리면 대체로 10킬로미터다. 매일 달리고 싶지만 비가 오는 날도 있고, 일이 바빠서 시간을 낼 수 없는 날도 있고, 피곤하니까 달리고 싶지 않은 날도 있기 마련이다. 그래서 일주일에 하루쯤 '쉬는 날'을 정해놓는다고 한다.

하루키는 "살면서 후천적으로 익힌 몇 가지 습관 중에

달리기는 아마도 가장 유익하고 중요한 의미를 지닌 것"이라고 고백했다. 여러 사람이 함께하는 게임, 축구나 야구나 테니스 따위는 자신과 맞지 않는다는 것이다. 마라톤 풀코스에서는 누군가에게 이기든 지든 러너에게는 별로 문제가 되지 않는다. "침묵 속에 끝까지 달리고 나서 자신에 대한 자부심을 가질 수 있는가 없는가가 중요하고, 소설을 쓰는 것은 그런 의미에서 마라톤 풀코스를 뛰는 것과 비슷하다"고 작가는 썼다.

《비행기에서 10시간》과 통하는 문장을 그 책에서 발견했다. 레이스 도중에 자신을 질타하고 격려하기 위해 어떤 주문을 외는지 물었을 때 서양의 어느 마라토너가 했다는 말이다. "Pain is inevitable, Suffering is optional(아픔은 피할 수 없지만, 고통은 선택하기에 달렸다)." 가령 달리면서 '아아, 힘들다. 이젠 안 되겠다'고 생각했다고 치면, '힘들다'라는 것은 피할 수 없는 사실이지만, '이젠 안 되겠다'인지 어떤지는 어디까지나 본인이 결정하기 나름인 것이다.

비행기에서 10시간은 누구에게나 괴롭고 지루하다. 하지만 기내 여행하기처럼 덜 고통스럽게, 나아가 약간 흥미롭게 보낼 수도 있다. A380은 축구장 크기와 맞먹는다. 널찍한 몸통을 가진 기내를 10바퀴 돌면 어림잡아 1킬로미터를 걸은 것과 비슷하다. 승객들이 저마다 어떤 방식으로 무료한 시간을 슬기롭게 보내고 있는지 관찰해볼 수도 있다. 스트레칭을 하고 갤리에서 승무원과 가벼운 대화를 하거나 간식을 챙겨오는 것은 또 어떤가.

2020년 아카데미 4관왕을 차지한 영화 '기생충'에는 "최고의 계획은 무계획"이라는 대사가 있다. 장거리 비행은 그것과는 다르다. 어쩌면 당신이 계획하기 나름이다. 어떤 기종인지부터 살짝 공부하고 비행기에서 10시간을 어떻게 보낼지 설계하고 탑승한다면 같은 비행을 하고도 사뭇 다른 경험을 할 수 있다. 장거리 비행기 승객은 두 부류로 나눌 수 있을지도 모른다. '기내 여행하기'를 하는 사람과 하지 않는 사람으로.

11

수하물이 경험하는
남다른 여정

온도에 민감한 **와인**은 **화물칸**에서 **무사할까**

Go To Traval!

장거리 비행 중 두 번째 기내식까지 먹었다. 화장실 앞이 분주해진다. 비행기는 마지막 구간으로 접어들었다. 안내방송이 나온다. 목적지 공항의 날씨는 온화하다고 한다. 착륙을 위해 곧 하강을 시작할 것이다. 문득 내 발밑의 화물칸, 공항에서 부친 수하물에 생각이 미친다.

영화 '미션 임파서블: 로그네이션'은 오프닝부터 눈이 휘둥그레진다. 주인공 에단 헌트(톰 크루즈)는 수송기 A400M의 날개에 몰래 올라타더니 옆구리에 매달린 채 이륙한다. 탑승자 명단에 없는 불청객이다. 그는 기어이 안으로 침입하고 '위험한 짐'을 가로채 유유히 탈출한다.

특수효과도, 스턴트맨도 없었다. 1962년생인 톰 크루즈는 활주로부터 이륙까지 이 장면을 8번이나 촬영했고 지상 1.5킬로미터 높이까지 날아올랐다고 한다. 카메라나 조류(鳥類)와 충돌한다면 최악의 경우 목숨을 잃을 수도 있었다. 세계에서 가장 높은 건물인 두바이의 부르즈 칼

리파(162층, 828미터) 외벽을 직접 기어 올라간 전작 '미션 임파서블: 고스트 프로토콜'을 능가하는 액션이었다.

유튜브에 공개된 촬영 장면을 보았다. 크리스토퍼 맥쿼리 감독이 "레디, 액션!"을 외치자 수송기가 톰을 옆구리에 매단 채 활주로에서 이륙한다. 두 발이 허공으로 향하고 톰은 손으로 문을 붙잡은 채 버틴다. 표정부터 몸짓까지 아찔하다. 물론 그의 몸통은 줄에 연결되어 있다. 관객이 본 영화에서는 그 끈이 지워지고 없었다.

세계에서 몸값이 가장 비싼 축에 드는 스타를 비행기 밖에 매달고 날아오른다는 게 말이 안 되지만 톰은 감독이 무심코 던진 아이디어를 실행에 옮겼다. 눈에 특수렌즈를 넣고 촬영했다. 그는 "내 평생 가장 위험한 액션이라서 전날 잠이 오질 않았다. 엄청난 바람의 힘이 느껴져서 정말 무서웠다"고 술회했다.

영화 '미션 임파서블'의 오프닝 장면을 떠올린 것은 장거리 비행에서 부친 짐이 사라지면 어쩌나 하는 걱정을 우리도 하기 때문이다. 유럽이나 미국으로 일주일 안팎 여행을 떠나는 사람이 배낭 하나만 달랑 들고 갈 리는 없다. 객실 아래 화물칸에는 항공사 카운터에서 저마다

수하물은 두 단계의 위험물질 검색대를 통과한 다음 탑승구별로 분류된다. 일찍 체크인한 수하물일수록 안쪽에 실려 목적지 공항에서 짐이 늦게 나온다.

부친 수하물(baggage)이 기내 컨테이너에 차곡차곡 쌓여 있을 것이다. 컨테이너 하나에 중소형 캐리어(여행가방) 40~50개가 들어간다고 한다.

수하물은 두 단계의 위험물질 검색대를 통과하고 나서 탑승구별로 분류된다. 구간마다 센서가 수하물에 붙어 있는 바코드 태그를 자동으로 인식해 처리한다. 이렇게 화물 탑승장에 도착한 수하물은 항공사별로 운송회사가 맡아서 해당 항공편으로 실어 나른다. 대체로 일찍 체크인한 수하물이 컨테이너 안쪽에 실리는 탓에 탑승수속을 일

수하물은 객실 아래 컨테이너에 차곡차곡 실린다. 한 컨테이너당 중소형 캐리어가 40~50개 들어간다.

찍 마칠수록 짐이 늦게 나온다.

국제선 비행기를 갈아타면서 여행가방을 잃어버린 적이 있다. 2003년 독일 베를린영화제 출장길에서였다. 네덜란드항공으로 암스테르담 스키폴공항을 경유해 베를린 테겔공항에 도착했다. 회전벨트 앞에서 아무리 기다려도 인천공항에서 부친 내 캐리어는 끝내 나오지 않았다.

실종된 여행가방 안에는 속옷과 양말뿐만 아니라 기사 작성용 노트북도 들어 있었다. 사고신고서를 작성해 공항

수하물 담당자에게 건네고 숙소로 들어왔지만 마음이 놓이질 않았다. 침대에 누웠는데 텅 빈 컨베이어벨트가 천장에 어른거렸다. 덩달아 눈이 핑핑 돌아갔다.

해당 항공사는 필요한 속옷과 양말을 사는 비용으로 50달러를 보상해주지만, 요청해야만 제공한다는 것을 당시에는 몰랐다. 당장 첫 기사(조지 클루니 기자회견)부터 송고해야 했다. 남의 노트북을 빌려 기사를 작성하고 호텔 비즈니스센터에 가서 이메일로 보내는 과정은 '미션 임파서블'은 아니어도 '굴욕적 미션'에 가까웠다.

사라진 내 여행가방은 다행히 이튿날 오후 호텔로 배송되었지만 끔찍한 24시간을 보내야 했다. 어지간히 애를 먹었는지 그다음부터 노트북은 절대 부치지 않는다. 몸에서 30센티미터만 떨어져도 불안불안해 늘 배낭에 넣어 탑승한다.

바르샤바협약에 따르면 항공 수하물은 1킬로그램당 20달러밖에 보상받지 못한다. 일반석 승객 1인당 허용된 수하물 무게는 약 23킬로그램이다. 전부 잃어버려도 배상액은 최대 460달러인 셈이다. 여행가방 값에도 못 미칠 수 있다. 여정 중에 수하물이 파손되었다면 7일 이내에 보상 신청을 해야 한다. 항공사마다 다르지만 이 경우 배상 한도는 5만~10만 원이다.

이륙하기도 전에 사고가 터지기도 한다. 2016년 1월 3일 인천국제공항은 '수하물 대란' 사고로 개항 이래 최대 위기를 맞았다. 수하물 처리 시스템의 일시적 장애로 약 5200개의 수하물을 비행기에 제때 싣지 못하는 바람에 100편이 넘는 항공기의 출발이 1~5시간씩 지연되고 말았다. 연초에 승객과 수하물이 폭주하는 사태가 예고되었음에도 제대로 대처하지 못해 벌어진 '인재(人災)'였다.

그날 인천공항에 몰린 승객은 17만3852명, 수하물은 16만7717개로 평소보다 40~50퍼센트 많았다. 승객 예약 시스템 등을 통해 이런 사실을 미리 파악하고도 수하물 처리 인력은 평소 수준(150여 명)으로 운영해 화를 자초했다. 수하물 처리 시스템이 '비규격 수하물'로 과부하에 걸려 장애를 일으킨 뒤에야 사고 수습용 인력을 긴급 투입했다.

비규격 수하물은 여행가방이 아니라 비닐, 박스 등으로 포장된 짐이다. 비규격 수하물이 몰릴 경우 수하물을 자동으로 감지·분류하는 처리 시스템이 제대로 작동하지 않아 공항 근무자가 수작업으로 처리해야 한다. 벨트에 실려온 수하물을 직접 비행기에 싣는 인력도 충분하지 않아 '수하물 정체'가 가중된 것이다.

인천공항은 오류 발생의 단초가 된 모터 제어기 248대를 전량 교체했고, '수하물 처리 시스템'(BHS)의 중추신경에 해당하는 전산 서버를 개선했다. 수하물을 담는 바구니에 진동센서와 카메라 등을 탑재해 구간별로 수하물 흐름을 감시하는 시스템도 개발했다. 제2터미널이 개장한 2018년부터는 시간당 8만 개의 수하물을 처리한다. 제1터미널의 BHS까지 합치면 인천공항 컨베이어벨트 길이는 130킬로미터에 이른다.

우리가 공항에서 부치는 여행가방은 이런 시스템의 오류 말고도 여러 가지 위험에 노출되어 있다. 가장 빈번한 분실 원인만 짚어보자. 체크인하는 직원이 실수로 승객의 이름이나 목적지를 엉뚱하게 부착하는 경우가 있다. 그 짐은 정처 없이 떠돌 수밖에 없다. 태그를 발행하지 않거나, 발행하고도 붙이지 않은 채 짐을 보내는 사고도 가끔 일어난다.

인천공항에서 수하물은 체크인카운터부터 컨테이너

탑재하는 곳까지는 4킬로미터쯤 되는 긴 자동 벨트 시스템을 통과해야 한다. 구간별로 센서가 짐에 붙어 있는 바코드 태그를 읽어 해당 항공편으로 운반하는데, 수하물끼리 부딪치거나 벨트 사이에 끼어 태그가 떨어지면 그야말로 '고아 신세'가 된다. 환승할 때 짐을 옮겨 싣지 못하는 실수도 발생한다.

국제선~국제선 연결의 경우 수하물을 컨테이너에서 하역하고, 환승 벨트에 투입하고, 엑스레이 스캔하고, 다시 연결편 수하물 탑재 장소까지 운반하고, 컨테이너에 탑재해 비행기에 싣기까지 90분가량 걸린다고 한다. 연착해 시간이 빠듯해질 경우 문제가 생길 수 있다.

직항편을 이용하고 수하물도 화물칸에 무사히 실었다고 해도 또 다른 근심이 있다. 와인이나 치즈처럼 온도에 민감한 상품이 그 안에 들어 있을 경우다. 고도 10킬로미터에서 바깥 기온은 영하 40~50도다. 여행지에서 비싼 와인이나 치즈를 샀는데 화물칸에서 얼어버리면 얼마나 황망할 것인가?

하지만 크게 걱정할 필요는 없다. 화물칸은 객실을 지나온 공기를 사용하기 때문에 객실보다 온도가 좀 더 낮

와인이나 치즈와 같은 온도에 민감한 상품은 물론, 살아 있는 동물까지 싣는 화물칸은 일반인의 예상보다 섬세하고 철저하게 관리된다.

을 뿐, 영하로 곤두박질치는 일은 없다고 한다. 한 민항기 조종사는 "화물칸 온도는 기종마다 다르지만 보잉767의 경우 7도 이상이며 동물을 운반하는 공간은 18도 이상으로 유지된다"고 설명했다. 와인이 얼면 어쩌나 하는 걱정은 붙들어 매시라.

2020년은 코로나 사태로 국제선 운항이 90% 이상 축소되었다. 여객기 하부 화물칸(벨리 카고)을 이용한 화물

수하물을 분실할 변수는 참으로 다양하다. 그중 가장 빈번한 원인은 체크인할 때 승객의 이름이나 목적지가 엉뚱하게 부착되거나 태그를 발행하고도 짐에 붙이지 않는 경우이다. 체크인할 때 체크를 하고, 또 체크를 해야 하는 이유가 있다.

수송이 줄어들자 여객기를 화물기로 개조해 화물 공급을 늘린 항공사들이 많았다. 대한항공은 발빠른 화물사업 확대로 글로벌 항공업계에서 유일하게 흑자를 기록했다.

그해 말 항공 화물에는 새로운 품목이 등장했다. 바로 코로나 백신이다. 대한항공은 2020년 12월 인천발 KE925 편으로 네덜란드 암스테르담까지 백신 원료 800킬로그램을 처음 수송했다. 국내 제약사가 생산한 백신 원료를 영하 60도 이하 극저온 상태로 컨테이너에 담아 유럽 백신 생산공장까지 보낸 것이다. 전원 장치 없이 드라이아이스로 영하 60도 이하 상태를 120여 시간 유지하는 특수용기에 탑재되었다.

의약 물자는 수송이 더 어렵고 팬데믹의 영향을 크게 받는다. 백신은 온도 변화에 특히 민감해 저온 물류 시스템인 콜드 체인(cold chain) 구축이 필요하다. 국제항공운송협회(IATA)에 따르면 세계 인구가 코로나 백신을 1회 접종하는 데만 보잉 B747 기종 화물기 8000대 분량이 필요하다. 특히 항공사가 의약품을 운송하려면 IATA의 표준 인증(CEIV 파마)을 획득해야 한다. 2021년 2월 기준으로 이 인증을 보유한 글로벌 항공사는 대한항공, 아시아나항공을 포함해 18곳뿐이다.

2021년 항공산업 시장 전망은 밝지 않다. 코로나 사태로 인한 불확실성 때문이다. 여객 수요는 코로나가 발생하기 전인 2019년과 비교해 50% 수준에 머무르겠지만 항공화물 시장은 2019년의 숫자를 회복될 것으로 IATA는 전망했다.

화이자 백신은 2021년 2월 26일 대한항공 화물기로 인천국제공항에 처음 도착했다. 글로벌 항공사들은 급증할 것으로 예상되는 코로나 백신 수송에 대비해 항공기 스케줄을 미리 확보하고 콜드 체인으로 최상의 서비스를 제공하고 있다.

12

비행기의 무게중심?

로드마스터는 정답을 알고 있다

Go To Traval!

어제 미국에 있다가 오늘 프랑스에 나타난다는 것은 1927년 5월 20일까지는 불가능한 일이었다. 항공 우편기 조종사 찰스 린드버그(1902~1974)는 이날 오전 연료 계기판도 통신 장비도 은색인 비행기 '세인트루이스의 정신'(The Spirit of St. Louis)을 타고 뉴욕을 이륙해 이튿날 오후 파리에 착륙했다. 혼자 논스톱으로 5815킬로미터를 날아 대서양을 건넌 첫 인간이었다. 지금은 7시간 거리지만 당시는 33시간 30분이 걸렸다.

죽음을 각오한 장거리 비행이었다. 앞선 9개월 동안 조종사 11명이 대서양 횡단을 시도하다 사망했다. 호리호리한 스물여섯 살 청년 린드버그는 내세울 만한 경력이 없었다. 추락하는 비행기에서 낙하산으로 탈출한 횟수(4회)가 많은 정도였다. 뉴욕~파리의 최단 직선거리도 그는 알지 못했다. 지구본 위에 줄자를 대고 거리를 가늠할 만큼 미덥지 않은 조종사였다.

하지만 린드버그는 무게의 위험성은 알고 있었다. 장거리 비행에 불필요한 짐을 모조리 제거했다. 샌드위치 5개와 물 0.95리터만 실었고 휴대용 지도는 여백까지 잘라냈다. 10그램이라도 더 줄이겠다고 눈에 불을 켠 셈이다. 빌 브라이슨이 쓴 논픽션 《여름, 1927, 미국》에 나오는 이야기다.

'세인트루이스의 정신'이 1927년 5월 21일 파리의 풀밭 활주로에 내려앉자 군중은 린드버그를 끌어내렸다. 대서양을 건너온 조종사를 마치 약탈한 전리품처럼 떠메고 다녔다. "사람들의 바다에 빠져 죽는 것 같았다"고 그는 술회했다. 언론도 흥분했다. 미국 신문들은 이 단독 비행에 대한 기사를 나흘 동안 25만 건이나 실었다. 린드버그는 편지 350만 통을 받았는데 발신자는 대부분 여성이었다.

할리우드의 젊은 만화가 월트 디즈니도 이 비행에서 영감을 받았다. 생쥐가 조종사로 등장하는 단편 만화 '플레인 크레이지(Plane Crazy)'를 지어냈으니까. 이 생쥐가 바로 미키 마우스다. 린드버그는 귀국길에 영국 버킹엄 궁에 초대되었는데 국왕 조지 5세는 비행 중 소변을 본 방법과 횟수, 버린 장소를 캐물어 영웅을 난처하게 만들었다.

어느 계절이 이정표처럼 시대를 규정할 때가 있다. 1927년 미국의 봄이 그랬다. 지구의 무게중심이 유럽에서 미국으로 이동했기 때문이다. 뉴욕은 런던으로부터 세계 최대 도시 자리를 빼앗았다. 세계 물자 생산량의 42퍼센트를 미국이 담당했다. 최악의 홍수가 미시시피 강 유역의 제방을 터뜨리자 허버트 후버(후버댐으로 유명하다)가 해결사로 투입되었다.

메이저리그에서는 베이브 루스가 1.53킬로그램의 묵직한 배트를 들고 홈런 기록에 다가가고 있었다. 그가 타석에 들어서면 땅콩 장사꾼도 고함을 멈추고 구경하기 바빴다. 찰스 린드버그가 뉴욕양키스 스타디움에 오기로 한 날, 베이브 루스는 "방문 선물로 홈런을 치겠다"는 약속을 지켰다. 그 시즌에 기어코 홈런 60개를 날려 기록을 갈아치웠다.

2017년 여름 미국 워싱턴 출장길에 국립항공우주박물관에 들렀다. '세인트루이스의 정신'을 실물로 영접하고 싶었다. 중앙홀 공중에 전시된 이 단엽 비행기는 가볍고 날렵해 보였다. 관람객이 늘 북적인다고 했다. 주체할 수 없는 열정 또는 무모한 낙관주의를 한 움큼이라도 얻어가고 싶어서일까. 날개에는 N-X-211이라고 적혀 있었다. 비행 실험용 등록번호다. 1927년 4월 첫 비행을 해 1928년 4월 은퇴. 총 비행시간이 489시간 28분에 불과한 '굵고 짧은' 일생이었다.

《여름, 1927, 미국》을 다시 읽으며 무게중심에 대해 생각해본다. 질량의 중심에 해당하는 한 점이라고 수학은 정의한다. 삼각형에서 무게중심은 각 꼭지점에서 마주보는 변의 중점에 똑바로 그은 선들이 교차하는 점이다. 찰스 린드버그는 이 균형점에 대해 알지 못했다. 다만 무게를 극단적으로 줄여 대서양 횡단 비행에 성공했다. 베이브 루스는 임팩트 순간에 중심을 최대한 앞으로 옮기는 파워스윙으로 타구를 담장 밖으로 날려보냈다.

비행기의 무게중심은 어디일까. 종이비행기를 멀리 날리려면 각도나 좌우대칭 못지않게 무게중심이 중요하다. 앞쪽이 너무 무거우면 제대로 날지도 못하고 아래로 곤두박질한다. 반대로 뒤쪽이 너무 무겁다면 물결무늬를 그리듯이 앞뒤로 휘청거린다.

비행기는 기종에 따라 다르지만 구조적으로 중심, 즉

비행기에 화물을 어떻게 싣느냐에 따라 연료 소비량이 달라진다. 물론 안전은 기본이다.

날개 부분에 무게가 많이 실리게끔 되어 있다. 비행기는 이륙하는 순간부터 무게가 점점 줄어든다. 날아가는 동안 연료를 태워 에너지를 얻기 때문이다. 승객과 화물을 가득 싣고 장거리를 가는 대형 여객기라면 더 많은 연료가 필요하다.

B747-400의 무게는 약 183톤. 승객 400명이 저마다 짐을 가지고 탑승하면 약 55톤이고, 기내식과 물도 10톤 가량 나간다. 연료는 비행 거리에 따라 달라지지만 어림잡아 130톤이 필요하다고 한다. A380의 경우 최대 이륙

중량은 575톤, 최대 착륙 중량은 394톤이다.

항공사에는 로드마스터(loadmaster)라는 직업이 있다. 우리말로 탑재물 관리책임자, 즉 짐을 싣는 데 통달한 사람이다. 비행기에 화물을 어떻게 싣느냐에 따라 연료 소비량이 달라진다. 물론 안전은 기본이다. 맞바람을 안고 운항할 경우 연료가 더 많이 필요하고 이에 따라 탑재할 수 있는 화물은 줄어들게 된다. 로드마스터는 쉽게 말해 비행기의 무게중심을 찾아내는 전문가다.

인천공항 화물터미널은 여객터미널 못지않게 분주하다. 지게차가 바쁘게 오가며 짐을 싣고 내린다. 수입화물과 통과화물, 수출화물 등 구역별로 수북이 쌓인 대한항공 화물청사에서 박예훈 로드마스터를 만났다. ULD(Unit Load Device · 화물탑재용기) 운송장에 붙은 행선지와 편명, 날짜와 무게를 꼼꼼히 확인하고 있었다.

박 로드마스터는 1997년부터 그 분야에서 20년 넘게 일했다. 여성으로는 최고참이라고 했다. 우리에게 터미널은 멀리 떨어진 다른 곳으로 갈 때 몇 시간을 보내는 장소지만, 그녀에게는 아침저녁으로 통근하는 일터인 셈이다. 로드마스터의 업무를 묻자 "화물을 탑재할 때 무게중심을

박예훈 로드마스터는 1997년부터 그 분야에서 20년 넘게 일했다. 여성으로는 최고참이라고 했다.

잘 파악해야 안전하게 비행기를 띄울 수 있다"면서 덧붙였다.

"화물마다 부피와 중량이 달라요. 화물기에 짐을 실을 때 무게가 한쪽으로 쏠리지 않게 배치합니다. 작지만 무거운 화물, 크지만 가벼운 화물도 있으니 계산기를 꽤 두드려야 해요. 무게중심을 찾지 못하면 항공유를 더 소비하고 안전 운항도 위협할 수 있으니까요."

보통 화물기에는 가로 3미터, 세로 2.5미터짜리 ULD가 상단(main deck)에 30개, 하단(lower deck)에 9개 정도 탑

재된다. 하나당 최대 허용 중량은 6.8톤이다. 로드마스터
는 무게중심을 찾아서 ULD가 놓일 위치를 지정한다. 연료
와 화물의 적절한 무게 배분을 나타내는 항공기 로드 시
트(load sheet)를 작성해 기장에게 제출해야 일이 끝난다.
화물기 출항 두 시간 전에 탑재를 시작해 30분 전에 완료
한다.

화물 밑에 막대기와 송판이 깔려 있었다. 그래야 무게
가 분산된다. 그날 주기장에 놓인 홍콩행 화물기 B747-
8F는 동체 왼쪽 옆구리를 활짝 연 채 짐을 삼키고 있었다.
화물기 전용활주로(3개)에서 화물기가 이륙하는 게 보였
다. 박 로드마스터는 "이륙 직전까지 많게는 5번 체크하
고, 일을 하면서 하루 10킬로미터쯤 걷는다"고 했다.

핵심 화물은 시즌을 탄다. 항공화물 주력은 부가가치
높은 IT제품이다. 신제품 출시 직후엔 공장에서 해외 각지
로 빨리 보내야 하기 때문에 화물기를 이용한다. 충격에
취약하기 때문에 최대한 '무진동'으로 옮긴다. 반도체 화
물에는 충격 감지기가 붙어 있어 혹시 문제가 생기면 항
공사가 손해를 배상해야 한다. 모실 때마다 신경이 곤두
서는 손님인 셈이다. 화물을 팔레트(운반대) 위에 얹고 단

단히 붙들어 맨 뒤 화물기 내부에 빈틈없이 고정한다. 흔들림을 최소화해야 난기류를 만나도 끄떡없다.

해마다 4월부터 8월까지는 체리의 계절이다. 미국에서 한국을 거쳐 환승하듯이 중국이나 일본으로 재수송하는 물량도 어마어마하다. 하반기엔 해외직구족 쇼핑상품이 늘어난다. 블랙 프라이데이나 크리스마스 시즌에 특히 그렇다. 과거에 비하면 의류나 비타민, 꽃은 물량이 많이 줄어들었고 야채 · 과일 · 송이버섯 · 해삼 · 연어 · 랍스터 같은 신선식품이 눈에 띄게 늘어났다.

화물기는 22~23시에 주로 운항하고 있다. 고객들은 17~18시까지 화물을 입고한다. 안전하고 신속하게 운송하려면 로드마스터가 화물 점검, 최대 탑재 설계, 무게중심 찾기, 탑재 관리 · 감독을 해야 한다. 매일 17시부터 23시까지가 가장 바쁘다. 밤에 일하는 올빼미족인 셈이다. 변형 근무로 매일 8~12시간씩 일하면서 각자 한 대 이상 띄운다고 한다.

로드마스터는 화물을 '안전하게 최대한 많이' 싣는 방법을 늘 고민한다. 여객기는 하단에만 수하물을 탑재하지만 화물기는 상 · 하단 전체를 쓴다. 부피나 중량이 너무 큰 짐은 화물기에 실을 수밖에 없다. 항공화물은 화물기가 70퍼센트, 여객기가 30퍼센트를 담당한다. 서민의 삶과는 무관하다고 생각할 수 있지만 결코 그렇지 않다. 2017년 조류인플루엔자(AI)로 국내에 계란 파동이 일어났을 때도 화물기가 활약했다. 우리 식탁까지 계란을 실어 나른 셈이다.

기계가 고장 나 중국 공장 가동이 멈출 위기라며 한 고객이 박 로드마스터를 찾아온 적이 있다. 화물기가 출항하기 직전이었다. "셧다운되면 엄청난 피해가 난다"며 고객이 발을 동동 굴렀다. 그가 의뢰한 부품을 속히 실어 보냈다. 고객은 "당신이 내 회사를 살렸다"며 고마워했다고 한다.

미국에서 항공화물로 온 체리를 먹을 때는 어떤 기분일까. 박 로드마스터는 "양귀비는 미모를 유지하려고 열대과일 리치를 즐겨 먹었다"며 말을 이었다. "당나라 때는 광둥성에서 장안까지 쉬지 않고 말을 달려도 10일이 걸렸대요. 요즘엔 태평양을 하루에 건너온 체리를 사람들이 마트에서 사갑니다. 일상의 행복에 제가 일조했다고 생각하니 뿌듯해요."

로드마스터는 화물을 '안전하게 최대한 많이' 싣는 방법을 늘 고민한다. 로드마스터 업무는 말하자면 종합예술에 가깝다.

로드마스터 업무는 말하자면 종합예술에 가깝다. 26미터 길이에 무게가 60톤인 석유시추장비를 탑재하기도 했고 자동차와 헬리콥터, 튤립과 경주마도 있었다. 동식물은 운송 환경이 중요하다. AI로 수입 계란을 실어올 때는 영상 2~8도, 중국에서 판다를 데려올 땐 호흡과 환기에 신경 쓰면서 18도를 유지했다고 한다.

우리 삶에도 해결해야 할 문제가 많다. 무게중심을 찾아야 할 때가 있다. 위대한 과학자도 실험실 밖에서는 어처구니없는 실수를 한다. 로드마스터라고 예외일까. 일상에서 균형점을 찾는 일도 잘 하는지 물어보았다.

"저도 어려움을 겪어요. 삶에는 매뉴얼이 없으니까요. 그래도 장점이라면 마트에서 산 물건을 종이박스에 옮겨 담을 때 요령껏 정리할 줄 압니다(웃음). 부피에 비해 무겁지 않아 옮기기 수월하대요. 단점도 있습니다. 영화관에 갔는데 남편과 아들이 보고 싶어하는 영화가 다른 거예요. 저더러 결정하라고 해 제3의 영화를 골랐습니다. 어느 쪽에도 치우치지 않았지만 누구도 만족하지 못해 미안했어요."

장거리 비행을 할 때 이따금 상상해본다. 우리 몸은 비

우리 삶에도 해결해야 할 문제가 많다. 무게중심을 찾아야 할 때가 있다.

행기이고 근심은 화물칸에 들어 있는 짐이라고. 당장 버
릴 수도 없고 한동안 동행해야 한다면 무게를 적절히 배
분해 실어야 한다. 그래야 안전하게 또 에너지를 덜 낭비
하면서 삶의 난코스를 지날 수 있다. 스트레스와 마음의
짐을 점검해 무게중심을 잡아주는 서비스, 이름 붙이자면
'정신의 로드마스터'가 있으면 좋으련만.

13

시차증후군 뛰어넘기

몸이 인지하는 시간을 잘 속여야 연착륙한다

Go To Traval!

어느 해 여름휴가 때였다. 착륙 30분 전 기장이 현지 시각과 날씨 등을 안내했다. 승무원들은 헤드폰을 수거해 갔다. 비행기가 하강하며 속도를 낮추더니 랜딩기어를 꺼낸다. 바닥에서 묵직한 진동이 느껴진다. 활주로에 부드럽게 착륙하기까지 총 비행 시간은 11시간 30분. 인천공항에서 오후 1시 5분에 이륙했는데 독일 프랑크푸르트 공항에 도착한 시각은 같은 날 오후 5시 40분이었다. 입국 심사를 마치고 수하물을 찾았다. 모두 순조로웠다.

하지만 딱 한 가지, 몸은 전혀 다른 말을 하고 있었다. 기내에서 두어 시간 자긴 했지만 공항 밖으로 나오자 극도로 피로했다. 나는 저물녘 프랑크푸르트에 있는데 몸은 '아니, 난 아직 서울에 있고 자그마치 새벽 2시이야!'라며 어깃장을 놓고 있었다. 한국이 독일보다 7시간 빠르다. 공항 근처 호텔에 체크인을 하자마자 잠이 몰려왔다. 그대로 잠들면 새벽에 깰 게 뻔했다.

미국 메이저리그의 전설적인 포수 요기 베라는 "끝날 때까지는 끝난 게 아니다"는 명언을 남겼다. 장거리 비행도 목적지 공항에 무사히 내렸다고 해서 끝난 게 아니다. 가장 무시무시한 마지막 장애물이 기다리고 있기 때문이다. 바로 '시차증후군(jet lag)'. 여기서 무너지면 여행의 초반 일정이 헝클어지고 만다. 보다 나은 내일을 위해서는 지금 쏟아지는 눈꺼풀과 싸우며 가능한 한 늦게 침대에 들어가야 한다.

시차증후군은 당신의 진을 빼놓고 혼란스럽게 만든다. 식욕은 물론 성욕도 잃을 수 있다. '제트 래그'라는 용어는 1966년에 처음 등장했다. 제트기가 너무 빨라서 신체 리듬이 따라가지 못한다는 뜻이 담겨 있다. 인류가 이런 속도로 표준시간대(타임존)를 점프할 수 있었던 건 최근 몇십 년 동안에만 벌어진 사건이다. 몸은 아직도 적응하는 방법을 찾는 중이다.

우리 몸에는 생체시계(body clock)가 자동으로 작동하고 있다. 대뇌 아래 시상하부에 있는 일주기와 조율기에 의해 조절된다고 알려져 있다. 뇌에 있는 마스터 시계인 셈이다. 생체시계는 24시간을 주기로 변하는 몸의 리듬,

장거리 비행은 공항에 도착해서 짐을 찾았다고 끝나지 않는다. 여행의 가장 큰 장애물과의 싸움이 남았다. 바로 시차증후군(jet lag).

즉 동이 트고 해가 지는 것을 예상하며 혈압부터 배고픔, 취침 시간까지 모든 것을 컨트롤한다. 장거리 비행으로 시간이 바뀌면 현지 시각에 바로 적응하지 못하는 까닭은 본래 생체 리듬대로 돌아가는 기계처럼 각종 세포가 활동하기 때문이다.

한국~호주처럼 시간내가 거의 바뀌지 않는 남북 방향의 장거리 비행이라면 안심해도 된다. 하지만 대여섯 시간 이상 시차가 나는 곳으로 이동하게 되면 일주기와 조

인류가 짧은 시간 안에 서로 다른 표준시간대로 이동하게 된 건 몇십 년밖에 되지 않는다. 우리 몸은 아직도 적응하는 방법을 찾고 있다.

율기가 적응하기 전에, 즉 몸의 자율신경과 호르몬 계통이 혼돈 상태에 있을 때 여러 가지 몸의 증상들이 나타난다. 밤에는 잠이 오지 않고 낮에 졸리고 피로하며 소화불량, 두통, 집중력 저하를 겪는다. 이렇게 몸의 시간과 현지 시간이 어긋나서 나타나는 증상들을 아울러 시차증후군이라고 부른다.

생체시계가 몸의 리듬을 제어하려면 어두울 때 졸리게 만드는 식으로 신호를 보낼 수 있어야 한다. 멜라토닌이라는 호르몬이 그 역할을 수행한다. '컴컴해졌어, 컴컴해졌다고!' 밤에 분비되는 멜라토닌 호르몬은 이런 신호를 우리 뇌와 몸에 보낸다. 그만 잠자리에 들라는 생물학적 명령이다.

수면을 유도하는 멜라토닌은 저녁 8시쯤부터 분비되기 시작해 새벽 2~4시에 가장 왕성하게 나온다. 이때 뇌 혈류량도 최고조에 이른다. 뇌에 쌓인 노폐물을 자는 동안 제거하는 것이다. 쾌면을 하지 못하면 치매 걸릴 위험이 높아지는 것도 이런 이유다. 멜라토닌은 아침에 해가 뜨면 분비가 줄어들면서 사라진다. 그럼 우리는 각성 상태로 돌아온다.

하지만 멜라토닌은 잠 드는 일 자체에는 거의 아무런 영향을 미치지 않는다. 《우리는 왜 잠을 자야 할까》를 쓴 수면 과학자 매슈 워커는 잠을 올림픽 100미터 달리기에 비유한다. "멜라토닌은 '선수들, 제자리에'라고 말하는 심판 목소리다. 심판(멜라토닌)은 경주(잠)가 시작될 때는 통제하지만 경주에는 관여하지 않는다."

생체시계는 언제 멜라토닌을 생산해야 할지 어림잡으면서 수면 사이클에 영향을 준다. 하지만 우리가 다른 표준시간대로 여행하거나 밤새 야근을 하면 생체시계의 리듬이 무너져버린다. 재조정할 때까지 시간이 꽤 걸린다. 그 결과 시차 부적응으로 고통받는 것이다.

다행히 우리 몸의 생체시계는 시차가 나는 곳으로 이동하게 되면 현지 시간에 맞추려고 노력한다. 현지 시간과 몸이 인식하고 있는 시간 사이의 부조화를 바로잡으려 애쓰는 것이다. 생체시계는 25시간을 주기로 반복되기 때문에 하루보다 1시간가량 길다. 그래서 일찍 잠드는 것보다 늦게 잠드는 편이 적응하기 쉽다. 시차증후군을 극복하려면 며칠이 걸린다. 출발지와 목적지 사이의 시차도 중요하지만 여행 방향과도 밀접한 관련이 있다.

북미로 가는 동쪽 장거리 여행의 경우 적응이 더 힘들다. 유럽으로 가는 서쪽 장거리 여행 때는 재조정을 위한 여분의 시간을 벌 수 있지만 동쪽으로 여행하면 낮이 짧아져 재조정을 더 어렵게 만들기 때문이다. 서쪽 여행은 3일쯤 가장 힘들고 5일쯤부터 좋아지고, 동쪽 여행은 이틀째부터 나타나서 6일쯤까지 심하고 8일쯤 되어야 좋아

시차가 발생하는 곳으로 가면 우리 몸은 신체가 인식하는 시간과 실제 시간의 간극을 잡으려고 노력한다. 생체시계는 25시간을 주기로 움직이는 점을 생각하면 일찍 잠드는 것보다 늦게 잠드는 편이 적응하기 쉽다.

지는 경향이 있다. 그래서 동쪽 여행은 가 있는 동안 힘들고 서쪽 여행은 다녀와서 피로도가 더 심하다.

그렇다면 생체 시계를 속이는 방법은 없을까? 미국 워싱턴 대학의 호레이쇼 이글레시아 교수는 "제트 래그를 잠재울 묘책은 없다"며 "빛 노출을 특정 시간으로 억제하고 휴식과 식사를 제한하며 운동과 멜라토닌 복용 등의 전략을 복합적으로 구사하는 게 가장 좋은 방법"이라고 말한다. 하지만 부적절한 시간에 빛 노출을 피하기는 현실적으로 어렵다.

우리의 동쪽에 있는 북미 여행은 이틀부터 엿새까지 힘들다가 여드레째부터야 좋아진다. 여행하는 일주일 내내 여행 피로도와 싸울 각오를 해야 한다.

경제용어로 '연착륙'이나 '경착륙'이라는 말을 들어보았을 것이다. 비행기가 활주로에 부드럽게 착륙할 때가 있고 쿵 하는 충격과 함께 접지할 때가 있다. 조종사의 실력 차이 때문은 아니다. 조종사는 활주로 길이나 노면 상태, 기상 조건에 따라 소프트(soft) 랜딩과 펌(firm) 랜딩 중 착륙 방법을 결정한다. 하드(hard) 랜딩은 조종사의 의도와 상관없이 갑작스런 하강기류로 항공기가 활주로와 강하게 충돌하는 것을 일컫는다. 대한항공 한고희 기장이 쓴《파일럿의 특별한 비행일지》에 나오는 이야기다.

우리의 서쪽에 있는 유럽 여행은 셋째 날이 가장 힘들고, 다섯째 날부터 컨디션이 원래대로 돌아온다. 동쪽 여행에 비해 시차 적응이 빠르지만, 귀국하고 나서 피로도가 심해진다.

조종사는 활주로나 기상 조건이 양호하면 강하율 100fpm의 소프트 랜딩을, 노면이 미끄럽거나 강한 뒷바람이 불 경우는 하드 랜딩을 선택한다. 하드 랜딩의 경우 강하율 200~300fpm의 충격적인 접지를 해 마찰계수를 높이고 활주거리를 단축할 수 있다고 한다. 따라서 쿵 하는 소리와 함께 착륙한다고 해서 조종이 미숙하거나 난폭하다고 단정할 수 없다.

시차 적응에서 우리는 누구나 '연착륙'을 기대한다. 하지만 우리 몸이 시차 1시간에 완전히 적응하는 데 만 하루가 걸린다. 시차가 8시간 날 경우 회복에 여드레가 필요한 셈이다. 유럽이나 북미에 가면 귀국할 때쯤에야 적응이 되는 까닭이다. 《퍼스트클래스 승객은 펜을 빌리지 않는다》를 쓴 일본 전직 국제선 승무원 미즈키 아키코는 시차 적응에 특별한 노하우가 있는지 묻는 질문에 책에서 이렇게 답한다.

"도착하면 체육관에 가서 일단 한바탕 수영을 합니다. 절대로 자지 않는 게 요령이랄까요. 그때는 쇼핑이 제일이랍니다. 여자들은 쇼핑을 하러 나가면 전투 본능이 샘솟아서 그런지 잠이 안 오거든요. 자기 전에 멜라토닌을 먹는 것도 도움이 됩니다."

여객기 승무원은 관광객과 달리 여행지에 짧게 머물다 돌아와야 해 시간적 여유가 부족하다. 그들의 시차 적응에는 현지 시간에 맞추는 사람과 한국 시간에 따라 생활하는 사람 등 두 가지 유형이 있다고 한다. 한고희 기장은 《파일럿의 특별한 비행일지》에서 자신은 현지 시간에 적응하는 경우라며 유럽을 예로 들어 설명한다.

"체류지에서 사나흘 머무는 경우에는 호텔 도착 후 주변 정리를 마치고 객실에서 TV나 영화를 보거나 동료와 가볍게 맥주 한잔 하며 시간을 보내다 오후 11~12시(한국 시간 오전 7~8시)쯤 잠자리에 든다. 그럼 대개 다음날 오전 7~8시쯤 일어난다. 그만큼 수면을 취하면 시차 적응이 어느 정도 된다. 오전 내내 상쾌하고 오후에는 하품이 솔솔 나며 조금 피곤함을 느끼는 정도로 적응이 되는 것이다."

승무원들의 시차 적응 노하우를 모아보면 이렇다. 기내에서는 물을 많이 마셔 탈수를 예방하고, 깊은 수면보다는 짧은 토막잠으로 현지 적응을 준비한다. 도착지에서는 낮에 햇볕을 쬐면서 많이 움직여야 밤에 숙면을 할 수 있다. 식사는 낮에는 고단백을, 저녁에는 잠을 유도하는 고탄수화물을 섭취하는 게 좋다고 한다.

수면 부족과 피로를 피하려면 낮에 이동하는 항공편을 이용하는 게 좋다. 미국이나 캐나다처럼 동쪽 방향으로 가는 비행기를 탈 경우 식사와 취침 시간을 현지 시간에 맞추어 1~2시간씩 앞당겨 시차 충격을 완화하는 게 좋다. 유럽과 같이 서쪽 방향 여행이라면 반대로 1~2시간씩 늦춰야 한다. 내 생체시계와 여행지 시간 사이의 차이를 미리 계산해 여행지에서 언제 제일 피곤할지, 언제 제일 컨디션이 좋을지 예상해보는 것도 도움이 된다.

비행기를 타면 곧바로 시계를 여행지 시간에 맞춘다. 여행지 시간이 낮일 때에는 가능한 자지 않고 책이나 영화를 보고 통로를 따라 걸어 다니기도 한다. 여행지 시간으로 밤이라면 기내에서부터 최소 4시간은 숙면을 해야 한다. 핸드폰이나 노트북은 완전히 끄고 편안 안대와 귀마개 등 수면 보조기구를 사용해 취침 모드로 들어간다.

전문가들은 장거리 비행 전에 우리 생체 시계에 미리 변화를 알려주고 준비하는 게 중요하다고 강조한다. 목적지 도착 이후의 시차 적응에만 쏠려 있는 전략을 수정하라는 것이다. 즉 비행기에 탑승하기 3~4일 전부터 제트래그와의 싸움을 시작하는 게 영리한 접근법이다.

동쪽으로 여행할 경우 가기 3~4일 전부터 한두 시간씩 일찍 자고 일찍 일어나면 도움이 된다. 서쪽 여행의 경우는 1~2일 전부터 한두 시간씩 늦게 자고 늦게 일어나는 준비가 필요하다. 지키기가 쉽지 않다면 당일 비행기를 탑승하고 나서는 도착지 시간에 맞추어 행동하는 것이 좋다. 새벽에 도착한다면 기내에서는 잠을 자고 저녁에 도착한다면 잠을 자지 않고 각성리듬에 맞춰 다른 일을 하다가 도착해서 잘 수 있게 노력한다.

잠을 청하겠다고 음주는 것은 좋지 않다. 처음에는 노곤하고 졸리겠지만 알코올은 진짜 잠, 숙면을 방해한다. 술은 식사하며 가볍게 마시는 게 좋다. 항공사는 현지 시간에 맞추어 기내식을 서비스하고 현지 시간으로 밤 시간에 전체 소등도 해주니 잘 따르는 편이 낫다.

우리는 몇 달씩 휴가를 갈 수 있는 형편이 안 된다. 시차증후군은 도착 2~3일 뒤 자연스럽게 나아지지만 하루라도 빨리 적응해 편안한 시간을 즐겨야 한다. 여행지에선 빛 조절이 중요하다. 의사들은 도착 첫날 아침에는 햇볕을 쬐면서 산책이나 운동을 하고 영양이 충분한 식사를 조금씩 자주하라고 권한다.

음료수나 술보다는 물을 많이 마셔야 시차 적응에 효과적이다. 낮에는 빛을 쬐고 저녁에는 빛을 피하는 게 좋다. 수면과 각성 사이클은 우리 몸이 받는 빛의 양에 따라 조율되기 때문이다. 아침에는 빛을 30분 이상 받아야 한다. 아침 산책이 좋지만 피곤하다면 창가에 앉아 쉬면서 30분 이상 햇볕을 쬔다. 저녁에는 조명이 환한 쇼핑몰이나 강한 빛을 피한다.

운동선수들도 해외 원정에 갈 때면 시차 적응을 위한

스케줄을 철저하게 짜고 지킨다. 귀국해서도 마찬가지다. 여행지에서 돌아왔을 땐 곧장 한국 시간에 맞추어 식사와 수면을 하기보다는 2~3일 여유 있게 서서히 맞춘다. 미국이나 캐나다 등 동쪽 여행을 하고 돌아왔다면 한동안 식사 시간보다 일찍 배가 고프고 오후나 초저녁부터 졸릴 것이다. 유럽과 같이 서쪽 나라에서 돌아왔다면 자정이나 새벽까지 잠이 안 올 수 있다.

생체시계를 연구하는 학자들은 "사람마다 고유한 수면 패턴이 있고 하루 중 가장 효율적인 업무 시간이 제각기 다르다"고 말한다. 그들은 '사회적 시차증후군'(social jet lag)이라는 용어를 쓴다. 사회생활을 하느라 불규칙하게 잠을 자는 바람에 생체시계가 지시하는 대로 살지 못하는 시차 부적응 현상을 가리킨다. '일찍 자고 일찍 일어나야 바르고 부지런한 사람'이라는 사회적 통념이 과연 바람직한 것일까. 모두가 같은 시각에 업무를 시작해야 한다는 규칙은 아침에 최고의 역량을 발휘하기 힘든 어떤 사람에게는 불공정할 수도 있다.

다시 시차 부적응으로 돌아가면 그것이 반드시 나쁘다고 볼 수도 없다. 내 경우는 밤에 잠을 자지 못해 뒤척일 때

창의적인 생각이 떠오르기도 한다. 목적지에서 맞은 첫날 밤이 특히 그렇다. 파김치가 된 몸으로 저녁을 먹고 샤워를 하고 나면 나무토막처럼 침대에 픽 쓰러진다. 밤 9~10시쯤 이다. 충분히 잤다고 느끼며 깨어보면 새벽 3~4시다. 배가 고프다. 아침식사까지는 3시간 넘게 기다려야 한다.

침대 옆 스탠드를 켜고 앉아 있으면 이런저런 아이디어가 솟아난다. 그런 생각의 갈피들은 붙잡아 고정시키지 않으면 금방 사라지고 만다. 다시 잠을 청해 아침에 깨고 나면 도무지 기억나지 않는다. 그래서 새벽 3~4시 낯선 호텔방에서 메모장에 뭔가를 끄적거리거나 노트북을 켜 자판을 두드린다. 시차 부적응은 괴롭지만 마음먹기에 따라 고행이 아니라 뜻밖의 선물이 될 수도 있다.

타이핑 소리를 좋아한다. 자판을 두드리면 손끝에서 시작된 진동이 몸을 흔들어 뭔가 와르르 쏟아져 나올 것 같은 기분이 들 때가 있다. 시차적응에 대한 근심은 어느새 사라진다. 이렇게 더러 역발상이 필요하다. 《잃어버린 시간을 찾아서》로 기억되는 작가 마르셀 프루스트는 말했다. "진정한 발견은 새로운 땅을 찾는 것이 아니라 새로운 눈을 갖는 것이다."

14

코로나 이후 여행준비의 기술

무착륙 국제선과 '백신 여권'

Go To Traval!

오랜만에 여권을 꺼내 보았다. 마지막 출국 기록은 2019년 여름. 2020년부터는 코로나 바이러스 때문에 해외 출장이나 여행이 사라졌다. 당연히 인천국제공항을 이용할 일도 없다. 영종대교를 지나 좀 더 달리면 나타나는 은빛의 기대한 둥지를 상상해본다. 땅에 내려앉은 외계의 우주선 같은 그 풍경을.

코로나 사태 이전에 출국장은 혼잡한 장소였다. 체크인을 하고 짐을 부치고 출국 심사대로 향하거나 일행을 기다리는 사람들로 늘 북적였다. 공항은 다른 세계로 가는 입구다. 여행은 더없이 반가운 '경로 이탈'이다. 비행기는 몇 시간 뒤에 아무런 기억이 없는 장소, 아무도 당신을 모르는 장소에 당신을 내려놓을 것이다. 우리는 그 설렘을 잃어버리고 말았다.

페이스북은 1~2년 전 추억을 자동으로 보여준다. '마스크 없는 평범한 일상'을 보내던 내가 그곳에 있었다. 코로나 이후 일상은 완전히 달라졌다. 늘 바깥으로 나가라고 광고하던 오프로드 자동차 브랜드 Jeep가 '지금은 위대한 실내를 탐험할 시간'이라며 집에 머무르라는 캠페인을 벌일 정도다. 백영옥 작가 말마따나 우리가 여행을 떠난 게 아니다. 여행이 우리를 떠났다.

알랭 드 보통은 '여행의 기술'에 "집에서 우울할 때면 기차나 공항 버스를 타고 히드로 공항으로 가서, 2번 터미널에 있는 전망대나 북쪽 활주로에 있는 르네상스 호텔 꼭대기 층에서 끊임없이 이착륙하는 비행기들을 보며 마음을 달래곤 했다"고 썼다. 나도 무작정 공항버스를 타고 인천공항에 가보고 싶어졌다. 그런데 맙소사, 정류장에는 공항버스 운행 중단 안내문이 붙어 있었다.

몹쓸 바이러스는 국제선 하늘길만 막은 게 아니었다. 서울 강서구 개화역 앞 공영차고지에 가보니 6000번, 6030번, 6021번 등 공항리무진 소속 공항버스들이 즐비하게 멈추어 있었다. 공항리무진은 코로나 이전에 22개 노선에서 버스 254대를 운행했다. 서울 공항버스 업체 4곳 가운데 규모가 가장 크다. 하지만 공항리무진은 2020년 2월부터 감차(減車)를 시작해 두 달 만에 사실상 올스톱되었다. 봄에 시작된 동면(겨울잠)이 여름, 가을, 겨울을 지나 봄까지 이어진 셈이다.

17년차 기사는 1년 넘게 일을 하지 못했다고 말했다. 마지막 근무는 2020년 3월 9일. 아침 6시 20분 운행을 시작해 밤 9시에 엔진을 껐다. 공항버스 6012번을 운전한다는 그는 그날 구파발 차고지에 버스를 세울 때까지만 해도 휴직이 이렇게 길어질 줄은 몰랐다.

어떤 이들에게 코로나는 건강이 아닌 생계 문제다. 공항버스는 항공·여행업과 직결되어 있어 타격이 더 크다. 항공업은 화물로, 여행업은 국내 여행으로 그나마 매출이 일어나지만 공항버스는 국제선 여객기가 안 뜨면 길이 없다. 코로나 이후로 출국자는 거의 없고 입국자도 자가 격리 의무화로 공항버스를 탈 수 없다.

한국관광협회중앙회에 따르면 2020년 9월 기준으로 아웃바운드(내국인의 해외여행) 여행사는 8963곳으로 503곳(5.3%)이 줄었다. 그해 6월부디 무급 휴직에 들어간 국내 1위 여행사 하나투어는 12월부터 2021년 3월까지 무급 휴직을 4개월 더 연장했다. 직원 2300명 중 300명만 일하고 있었다.

우리를 떠난 여행을 일시적으로라도 소환할 방법은 없을까. 아시아나항공은 2020년 가을에 획기적인 발상을 했다. '한반도 일주 비행'이라는 이름으로 무착륙 비행 상품을 출시한 것이다. 출발지와 목적지는 모두 ICN(인천). 인천공항을 이륙해 강릉~포항~김해~제주 상공을 지나 인천공항으로 돌아오는 '원점 회귀 비행'이지만 여행에 굶주린 사람이 많아 꽤 인기를 모았다. 항공사 입장에서도 '90일간 3회 이상 이착륙'이라는 조종사 자격 유지 조건을 유지하려면 비행기를 띄워야 했다.

정부는 무착륙 국제 관광 비행을 2021년 12월까지 허용하고, 외국 영공을 넘나드는 무착륙 국제선일 경우 면세품 구입이 가능하도록 했다. 에어부산이 9만9000원짜리 무착륙 비행 상품을 판매하자 "양주나 화장품 쇼핑만 잘 해도 비행기 값은 나온다"는 댓글이 달렸다.

인천을 이륙해 일본 미야자키 상공을 돌고 다시 인천에 착륙하는 3시간 20분짜리 아시아나항공 비행 상품은 비즈니스 스위트 40만원, 비즈니스 35만원, 일반석은 25만원에 판매했는데 반응이 뜨거웠다. 이 항공사는 1월 1일 오전 5시 30분에 이륙해 오전 8시 50분에 돌아오는

국내에서도 코로나 백신 접종이 시작되었지만 언제쯤 해외여행을 마음껏 다닐 수 있을지는 불투명하다.

'새해 맞이 상품'도 눈길을 끌었다.

'무착륙 비행'은 여행·항공 업계에 단비다. 하나투어가 아시아나항공과 함께 2020년 10월에 선보인 무착륙 국내 비행 상품은 출시 첫날 284석이 다 팔렸다. 비즈니스석 탑승권과 인천 영종도 호텔 숙박권을 묶은 상품은 1분 만에 마감되었다. 에어부산은 '항공 덕후'만을 위한 비행 상품을 판매하면서 승무원이 먹는 '크루밀(crew meal)'을 기내식으로 제공하기도 했다.

국내에서도 코로나 백신 접종이 시작되었지만 언제쯤

해외여행을 마음껏 다닐 수 있을지는 불투명하다. 대부분 국가에서 입국 전 코로나 검사 음성 확인서를 요구한다. 떠날 수야 있지만 돌아온 뒤 2주 자가격리를 거쳐야 한다면 불가능에 가깝다. 무착륙 국제선은 대개 3시간 안팎으로 코스가 짧지만 해외여행에 목마른 사람들을 사로잡았다. '내리지도 못하는데 뭐 하러 가나' 싶겠지만 일반 국제선 비행과 같은 절차를 밟고 비행기를 탄다는 것 자체가 큰 설렘이자 기쁨이다.

무착륙 국제선을 이용한 승객은 "기내에 웃음이 흥건했다"는 체험기를 썼다. 코로나 시대에 인기 상품은 우리 사회에서 무엇이 사라졌는지 알려주는 길잡이가 될 수 있다. 국경이 닫히는 바람에 잃어버린 웃음을 무착륙 관광 비행이 잠시나마 되찾아준 셈이다. 일종의 균형 회복이다.

2021년 초 북오션 출판사 대표가 보내온 틱톡 영상을 보고 박장대소했다. '국제선을 타고 싶은 욕망'이 유머러스하게 담겨 있었기 때문이다. 그 짧은 영상은 한 남자가 컨베이어 벨트에서 여행 가방을 들어올리며 시작된다. 출국심사대를 통과하는 모습 같다. 하지만 진실은 금방 들통난다. 그곳은 국제공항이 아니다. 여느 집에 있을 법한

'무착륙 비행'은 여행·항공 업계에 단비다.

러닝머신에서 여행 가방을 꺼내는 장면이었다.

곧이어 이 남자는 기나긴 출국장을 빠져나가듯이 그 러닝머신에서 그럴싸한 포즈를 취한다. 안내방송까지 들 려주며 분위기를 자아낸다. 영상은 곧장 기내 풍경으로 넘어간다. 창 밖으로 비행기 날개와 엔진이 보인다. 기장 이 할 법한 기내 안내방송을 또 슬쩍 집어넣었다. 남자는 우리가 기내에서 그러듯이 와인을 한 모금 마신다.

그러나 그곳은 장거리 국제선 여객기가 아니다. 카메

라가 뒤로 빠지면서 이 남자가 있는 곳이 세탁기 앞이라는 사실이 드러난다. 드럼세탁기 안에 노트북이 보인다. 하늘길이 막힌 시대의 결핍이자 유머다. 그렇게 기분이라도 내고 싶을 만큼 비행기에서 10시간이 그립다는 뜻이다. 이 영상을 페이스북에 올렸더니 '좋아요'가 쏟아졌다.

2021년 2월 26일부터 코로나 현황판이 달라졌다. 전에는 지역별 코로나 신규 확진자를 보여주었는데 이제는 백신 접종 누계로 전환이 바뀌었다. 지역별로 몇 명이 코로나 백신 접종을 받았는지 날마다 숫자로 알려준다. 이날 신문 1면 헤드라인은 '403일의 기다림, 이제야 희망을 맞다'였다. 전국 보건소와 요양병원에서 처음으로 코로나 백신 접종이 시작되었다. 국내 코로나 확진자가 나온 지 403일 만에 코로나를 향한 반격을 시작한 것이다.

백신은 접종자를 보호할 뿐만 아니라 감염병의 역동성을 떨어뜨린다. 2021년 6월 현재 코로나 백신 접종 1위 국가는 이스라엘이다. 인구의 60% 이상이 코로나 백신 2차 접종을 완료한 이스라엘은 방역 조치를 전면 해제했다. 현지 언론들은 "코로나 이전의 일상으로 돌아갔다"고 보도했다. 이스라엘은 실내에서 마스크 착용 의무도 해제했다. 다만 변이 바이러스 유입을 차단하기 위한 출입국 제한은 한동안 유지할 방침이다.

한국 방역 당국은 6월부터 '백신 접종 인센티브'를 제공하기 시작했다. 백신 접종자를 대상으로 방역 수칙을 완화하면서 요양병원과 경로당 등에서 대면 모임이 재개됐다. 식당에서는 직계가족 모임 제한이 완화됐다. 홈쇼핑들이 해외 여행 패키지를 다시 판매하기 시작했다. 코로나 이전의 일상을 회복할 수 있겠다는 기대감이 커졌다. 7월부터는 1차 접종자는 '야외 노마스크'가 허용되고, 2차 접종을 끝낸 사람은 5인 이상 사적 모임에 제외된다. 국민 70% 이상이 1차 접종을 마치는 10월부터는 실내 마스크 의무 착용 조치도 해제될 전망이다.

백신 모범국인 미국은 5월에 성인 접종 완료자가 50%를 넘겼다. 질병통제예방센터(CDC)는 백신 접종자의 경우 실외는 물론 실내에서도 마스크를 쓰지 않아도 된다는 지침을 발표했다. 2021년 7월 4일 독립기념일에 '코로나 독립'을 선포한다는 계획이다. 9월 가을학기부터는 대면 등교가 재개된다. 유럽에서 백신 보급이 가장 빨랐던 영국은 일상을 먼저 회복하고 있다. 독일과 프랑스 등 유럽

연합(EU) 국가들도 4월 이후 백신 접종이 본궤도에 오르면서 봉쇄 조치를 하나둘 완화했다.

내 여권을 다시 들여다본다. '대한민국 국민인 이 여권 소지인이 아무 지장 없이 통행할 수 있도록 하여 주시고 필요한 모든 편의 및 보호를 베풀어 주실 것을 요청한다'는 문구가 적혀 있다. 코로나 시대에 이것만으로는 국경을 통과하기 어렵다. 인류는 두 부류, 코로나 백신을 맞은 사람과 그렇지 못한 사람으로 나뉘었다. '백신 여권'은 언제 끝날지 모를 감염병 시대의 신분증이 되었다.

2021년 여름휴가부터 백신 여권은 세계 관광업을 부흥시킬 '황금 티켓'이 되었다. 한국 정부는 2021년 여름부터 코로나 방역이 우수한 국가와 양자 협정을 맺고, 백신 접종자는 방문 목적과 상관없이 입국할 때 14일 자가 격리를 면제하는 방안을 추진하기 시작했다. 싱가포르와 호주 등 일부 국가와 '트래블 버블(Travel Bubble)' 협정을 추진한 것이다. 실제로 "백신 접종 받고 여름 휴가나 추석 연휴에 해외 여행을 가겠다"는 사람들이 늘어나고 있다.

EU 전역에는 7월부터 디지털 코로나 백신 여권이 도입된다. 접종자는 자가 격리가 면제된다. 접종자의 자녀도 일정 연령 이하면 코로나 검사를 받지 않아도 된다. 다만 인도발 변이 바이러스가 빠르게 확산 중인 영국에서 출발해 역내로 들어오는 입국자에 한해서는 자가 격리 등 제한을 유지한다. 유럽 국가들이 백신 여권 도입에 속도를 내는 건 관광 활성화가 주목적이다. 관광업은 EU GDP(국내총생산)의 약 10%를 차지하기 때문이다. 항공업계는 백신 여권을 회생으로 가는 열쇠로 받아들이고 있다.

국내에서도 백신 접종에 속도가 붙자 6월부터 '백신 마케팅'이 벌어졌다. 여행 날짜가 정해지지 않아, 자가 격리 없이 여행이 가능해진 이후에 출발 날짜를 지정할 수 있는 항공권을 중심으로 판매량이 5배나 늘었다. 하나투어는 백신 접종자를 대상으로 기획전 '지금 떠나는 해외여행'을 시작했다. 백신 접종 시 자가 격리 의무가 면제되는 하와이, 스위스, 몰디브, 두바이, 발리 등지로 가는 상품들이다. 항공사들도 인천~사이판(아시아나항공), 인천~괌(대한항공) 등의 항공권 판매를 시작하며 운항 재개를 준비하는 중이다.

2020년 코로나 직격탄을 맞아 추락했던 항공과 여행, 면세점과 카지노 관련 주식은 2021년 봄부터 백신 수혜

주로 부각되며 급등했다. 회복에 대한 기대감이 컸기 때문이다. 특히 하나투어 등 여행사들 주가는 코로나 이전보다 더 높아졌다. 국제항공운송협회(IATA)는 "각국이 자유로운 왕래를 허용하기까지는 시간이 필요하다"며 "항공 수요가 2021년에는 2019년의 55% 수준까지만 회복되지만 2022년과 2023년에는 급등할 것"이라고 전망했다.

우리는 코로나로 해외여행을 박탈당하고 나서야 장거리 비행의 소중함을 알게 되었다. 의사 출신 저널리스트 박재영씨가 쓴 '여행준비의 기술'도 그런 책이다. 그는 취미가 뭐냐고 누가 물으면 여행준비라고 답하는 사람이다. "여행은 어쩌다 한 번, 기껏해야 1년에 몇 번이지만 여행준비는 언제 어디서든 할 수 있다. 여행이 취미인 사람은 여행에서 돌아온 다음 날부터 우울해지지만 여행준비가 취미인 사람은 하나의 여행이 끝나면 그다음 여행을 준비하는 즐거움을 누릴 수 있다."

어떤가. 장거리 비행이 사라진 시대에 우리에게 필요한 태도라고 나는 생각한다. 박재영씨가 이 책을 쓴 계기도 코로나였다. 오래 계획한 해외여행이 사실상 국경폐쇄와 함께 모조리 취소된 것이다. 그는 잠시 우울해졌지만 그럴 때가 아니라는 생각이 들었다며 이렇게 썼다. "코로나 이전의 세계로는 영영 못 돌아간다 할지라도 언젠가는 비행기가 뜰 것이다. 여행을 못 가서 우울감에 시달리는 사람들에게 여행의 즐거움은 못 주더라도 여행준비의 즐거움이라도 선사하자."

이 책에서 그는 여행준비를 '버리기 연습'이라고 정의했다. 전적으로 동의한다. 여행준비란 자신이 가장 만족할 수 있는 여행지를 찾아내는 작업인 동시에 자신에게 별다른 기쁨을 주지 못할 여행지를 걸러내는 작업이다. 이를테면 가장 가보고 싶은 도시 목록을 만들어보자. 취향에 따라 박물관 다섯 곳, 영화 촬영지 다섯 곳, 대성당 다섯 곳, 레스토랑 다섯 곳 등으로 접근하면 된다. 짐작하겠지만 여행 준비는 선택의 연속이라서 그 과정에서 당신이 어떤 사람인지 알게 된다.

"선택이란 포기의 다른 이름이다. 우리는 모든 것을 다 가질 수는 없다. 더 많이 원하는 것을 위해서는 덜 원하는 것을 버려야 한다. 많은 문제의 근본 원인은 욕심에서 비롯되지 않던가. 다시 말하지만 여행의 기회는 제한적이다. 카드의 숫자가 정해져 있으니 현명하게 잘 써야 한다."

15

장거리 비행에서 살아남기

쾌적한 여행을 위한 **37가지 팁**

Go To Traval!

영국 런던에서 호주 시드니까지 간다고 상상해보자. 자그마치 22시간이 걸린다. 하루를 통째로 하늘에서 보내는 셈이다. 그 22시간은 다시 경험하고 싶지 않은 고행의 길이 될 수도 있다. 아기는 빽빽 울어대고 허리는 쑤시고 다리는 퉁퉁 붓는다. 게다가 85데시벨의 엔진 소음이 종일 귀를 어지럽힌다. 도착지에서는 '시차증후군'이라는 불청객이 당신을 맞이할 것이다.

장거리 비행기에서 보내는 시간은 사람의 성격과 기내 체험에 따라 극과 극으로 달라질 수 있다. 누구에게는 좀 불편해도 영화나 책을 실컷 보면서 그럭저럭 견딜 만하다. 반면 누구에겐 심정맥 혈전(DVT) 같은 최악의 시나리오가 펼쳐질 수도 있다.

따라서 전략이 필요하다. 장거리 비행을 잎두고 준비나 설계를 게을리할 경우 하루를 통째로 망칠뿐더러 후유증으로 며칠 더 고생할 수 있다. 21세기는 공유 시대다.

장거리 비행기에서 보내는 시간은 사람의 성격과 기내 체험에 따라 극과 극으로 달라질 수 있다.

신문이나 잡지, 유튜브나 블로그 등에는 '장거리 비행에서 살아남는 방법'이 차고 넘친다. 요긴한 생존법 37가지를 그러모았다.

하나, 항공권 예매는 일찍 해라. 이 항목은 두말하면 잔소리다. 일찍 예매할수록 복도석이든 창가석이든 당신의 여행 취향에 맞는 자리를 선점할 수 있다. 저렴한 항공권을 손에 쥘 가능성도 높아진다.

둘, 뒤에 앉아라. 당신이 자리에 구애받지 않는 털털한 성격이라면, 또는 좋아하는 자리가 이미 팔렸다면 비행기 뒤쪽에 프리미엄이 있을지도 모른다. 왜냐하면 승객은 대체로 앞쪽에 앉고 싶어 하기 때문에 뒤에 앉은 당신의 옆자리 한두 개가 빌 확률이 높다. 다만 상대적으로 진동은 더 심할 것이다.

셋, 마일리지를 활용하라. 통조림처럼 마일리지에도 유효기간이 있고 결국 소멸된다. 마일리지를 쌓아놓기만 하고 도통 쓸 줄 모르는 사람이 있다. 아끼다가 '똥' 된다. 2019년부터 마일리지는 수명이 정해진 시간 상품으로 바뀌었다. 과거에는 '편도신공'으로 마일리지 똑똑하게 소비하는 고수들이 있었는데 이젠 그 좋은 시절도 갔다. 소멸되기 전에 탈탈 털어 써야 한다.

넷, 프리미엄 일반석을 취하라. 마일리지가 바닥났다면 지갑을 조금 더 열면 된다. 일반석보다 약간 비싸지만 누릴 수 있는 혜택은 많다. 체크인 시간은 짧아지고 좌석 면적이나 다리 뻗을 공간은 늘어날 것이다. 체구가 큰 승객이라면 만족도가 추가비용을 상쇄하고도 남는다.

다섯, 공짜 업그레이드를 노려라. 일반석을 샀는데 비즈니스석에 앉으면 횡재하는 기분이다. 해당 항공사 이용 횟수와 마일리지 없이도 가능할 수 있다. 잘 차려입고 공항에 일찍 도착해 체크인카운터 직원에게 최고의 미소를 건네 보라. 좀 민망하지만 "신혼여행 가는 길"이라는 거짓말이 통했다는 증언도 있다.

여섯, 시차증후군에 대비하라. 시차증후군을 완전히 피할 수는 없지만 피해를 줄이는 것은 하기 나름이다. 앞에서 설명했지만 여행지와의 시차를 고려해 탑승 전부터 수면과 식사 시간대를 조정하면서 워밍업을 하는 게 효과적이다. 낮에 도착하는 항공편을 고르고 비행 전에는 충분히 쉬어야 한다.

일곱, 체크인은 일찍 하자. 성수기가 아니어도 국제선 터미널은 매우 붐비는 장소다. 짐을 부치고 검색대를 지나고 출발 게이트까지 가는 데 예상보다 긴 시간이 소요될 수도 있다.

여덟, 공항 가는 날에는 스트레스를 줄여라. 질 좋은 아침식사를 하고 운동으로 땀을 빼는 게 바람직하다. 장거리 노선에서는 10시간 넘게 앉아 있어야 하니까. 기내에서 먹을 만큼의 칼로리를 미리 소비하고 떠나는 게 좋다.

아홉, 들고 타는 짐은 줄여라. 단거리 비행에 비하면 장거리 비행에 필요한 소지품이 더 많을 것이다. 그렇다고 각종 전자기기와 책과 간식을 넣은 배낭을 두 개나 챙기는 건 좋은 생각이 아니다. 불편하고 다리 뻗을 공간도 축난다.

열, 하지만 목베개는 챙겨라. 장거리 비행에서 작은 목베개는 중요한 휴대품이다. 공항에서도 쉽게 살 수 있다. 목베개를 하고 있으면 좀 우스꽝스러워 보일 수는 있다. 하지만 깊은 잠을 못 자고 뻐근해질 목까지 고려하면 모양 빠지는 것쯤이야 대가치고는 사소하다.

열하나, 노이즈 캔슬링 헤드폰이야말로 최고의 동반자다. 엔진 소음을 막아주면서 음악에 몰입할 수 있으니까. 숙면에도 요긴하다. 노이즈 캔슬링 헤드폰이 없다면 고품질 귀마개도 도움이 될 것이다.

열둘, 스카프 텐트(scarf tent)를 아는가? 앉은 상태에서 가벼운 스카프나 담요를 위로 둘러치면 프라이빗한 공간을 만들 수 있다. 영화에 집중하기에 좋고 잠든 얼굴도 감추어준다.

열셋, 안대를 준비하라. 낮 시간에 장거리 비행을 할 때 특히 더 유용하다. 옆자리에 노출이 심하거나 야한 옷을 입은 승객이 앉을 경우에도 쓸모가 있다.

열넷, 제대로 입어라. 누군가에게 좋은 인상을 주기 위해 비행기에 탑승하는 사람은 없다. 불편하게 오래 앉아 있어야 하는 장거리 비행에는 헐렁하고 편안한 옷이 좋다. 기내는 추울 수 있으니 덧입을 얇은 옷과 양말도 준비한다.

열다섯, 긴장일랑 푸시길. 쉬운 영어로 릴랙스(relax)다. 마음이 차분해지는 음악을 들어도 좋다. 인터넷에서는 이런저런 호흡법도 일러준다. 긴장을 풀어야 잠도 쉽게 잘 수 있고 정신적으로도 좋다. 필요하다면 신경안정제(바륨)도 있다.

열여섯, 얇은 여행 담요(travel blankets)도 요긴하다. 장거리 비행에 두꺼운 건 모두 짐이 된다. 기내에서 에어컨이 갑자기 풀가동될 때가 있다. 캐시미어로 된 얇은 여행 담요는 바로 그 순간 빛을 발한다.

열일곱, 태블릿이나 노트북에 볼거리를 담아가라. 기

내 엔터테인먼트 시스템이 늘 취향을 만족시킬 수는 없다. 또 하필이면 그게 고장 난 자리에 앉는 불운이 당신에게 닥칠 수도 있다.

비행기 10시간은 얼마나 지루할 것인가. 태블릿이나 노트북에 영화나 드라마를 담아 탑승하면 그러한 만일의 사태에 대처할 수 있다.

열여덟, 충전은 하셨나요? 미리 담아간 미드를 신나게 보고 있는데 배터리 잔량이 5퍼센트라는 경고 메시지가 뜬다고 상상해보라. 목적지까지는 5시간을 더 날아가야 한다. 집이나 공항 출발 게이트에서 100퍼센트 충전 여부를 확인해야 한다. 휴대용 배터리도 그래서 필요하다.

열아홉, 팟캐스트는 위대하다. 팟캐스트 청취는 배터리 소모를 최소화하면서 킬링타임 할 수 있는 최선의 방법이다. 설렁설렁 들어도 된다. 스마트폰에 클래식 음악이든 책 이야기든 분야별로 당신이 좋아하는 팟캐스트를 챙겨 탑승한다. 예컨대 출판 팟캐스트 '이동진의 빨간책방'은 이런 오프닝 멘트로 청취사를 위로한다.

"서리가 내리고 얼기 시작하는 땅에는 비로소 뿌리를 내리는 몸들이 있습니다. 파와 마늘, 보리와 밀, 시금치 같은 것들이죠. 가장 쓸쓸한 시절에 가장 먼저 봄을 준비하는 일. 오늘은 그런 것들에 대해 생각해보게 됩니다. 한데서 겨울을 난 몸들이 유독 맵고 아리면서도 달고 환한 이유를 알 것도 같습니다. 만추의 파종처럼 풍경이 가장 쓸쓸해지는 이맘때가 실은 그 쓸쓸함의 힘으로 뭔가를 하기에 가장 좋은 때이기도 하지요."

스물, 기내에서도 건강에 유의하라. 지상 10킬로미터 높이로 날아가는 금속 튜브에서 10시간 넘게 앉아 있기란 건강에 바람직하지 않다. 가장 큰 두 적(敵)은 탈수와 심정맥 혈전. 자주 물을 마시고 스트레칭을 하고 '객실 산책'을 하는 게 좋다.

스물하나, 대한항공의 경우 일반석을 타더라도 탑승 전에 고객센터 또는 홈페이지를 통해 생일케이크를 신청하면 식사 후 받아볼 수 있다. 동행하는 가족이나 연인을 위해 하늘에서 펼쳐지는 깜짝 생일 축하. '구름 위의 서프라이즈' 아닌가?

스물둘, 기내식 1인분으로는 양이 차지 않는다는 사람이 있다. 그렇다면 곱빼기가 가능할까? 항공사들 대부분은 기내식으로 총 승객보다 많은 여분을 준비한다. 식사

우리는 바퀴 달린 여행가방을 끌고 떠난 곳으로 돌아올 것이다. 무사히 집으로.

를 하지 않고 자는 승객도 있다. 인기 메뉴라서 동나지만 않는다면 기내식을 곱빼기로 먹을 수 있는 확률이 높다.

스물셋, 반대로 고열량 기내식이 부담스러워 샐러드나 요거트만 먹곤 했다면 기내 특별 메뉴를 신청하라. 저염식, 저열량식, 채식주의자 메뉴부터 종교와 관련된 특별식까지 다양하다. 일반 기내식보다 먼저 서비스된다는 것도 장점이다.

스물넷, 기내식 트레이에는 소금과 후추가 함께 놓여

있다. 압력이 낮고 건조한 기내에서 맛을 돋우는 '조연 배우'들이다. 딱딱하고 차가운 빵과 치즈는 뜨거운 음식 용기 위에 잠깐 올려놓으면 온기가 더해져 부드러워진다.

스물다섯, 위생도 신경 쓰자. 당신 자신뿐만 아니라 모두를 위해서다. 칫솔과 치약 등 세면도구를 챙겨라. 진하지 않은 향수나 데오드란트(탈취제)가 필요할 수도 있다.

스물여섯, 이런 역발상은 어떤가. 일상에서는 장거리 비행만큼 오랫동안 혼자 앉아 있기 어렵다. 따라서 비행기 10시간을 역이용해보자. 평소 읽지 못했던 두꺼운 책을 완독할 기회다. 기내 테이블에 펜과 메모지를 꺼내놓고 머리(특히 우뇌)를 좀 굴린다면 뭔가 창의적인 아이디어가 샘솟을지도 모른다.

스물일곱, 노트북을 가지고 탔다면 기내에서 본격적으로 일을 할 수도 있다. 그동안 밀린 업무를 해치우는 것이다. 덤으로 보너스도 있다. 다른 승객들은 당신을 국제선 여행에 최적화된 호모사피엔스, 즉 세련된 비즈니스맨으로 생각하며 흘끔거릴 것이다.

스물여덟, 객실 승무원과 친구가 되어라. 미소 띤 인사말이나 초콜릿을 건네는 것만으로도 당신은 돋보일 수 있다. 고도 10킬로미터에서 일하는 그들에게도 위로가 필요하니까. 승무원은 당신의 말을 귀담아 들어줄 테고 즉각 반응하며 편의를 제공할 것이다. 여느 승객과는 다른 서비스를 받을지도 모른다.

스물아홉, 가벼운 스낵을 챙겨라. 당신이 탄 항공편이 최고의 일반석 기내식을 제공할 수도 있지만 불행히도 정반대 상황에 놓일 수도 있다. 어떤 기내식은 맛은커녕 비주얼만으로도 끔찍하니까.

서른, 탑승하자마자 시계를 도착지 시간으로 맞추어라. 당신은 곧 표준시간대를 여러 번 점프하는 고통과 맞닥뜨려야 한다. 일종의 '선행학습'이 필요하다. 일찍 일어나는 새가 벌레를 잡는다. 장거리 비행에서는 시차 적응을 먼저 준비하는 승객이 더 빨리 후유증에서 벗어날 수 있다.

서른하나, 마셔라. 술맛을 즐긴다면 비행기는 훌륭한 '주점'이다. 장거리 비행에서 술은 공짜니까. 에어프랑스 등 와인으로 유명한 나라의 국적기는 일반석에서도 10종이 넘는 와인을 서비스한다. 술이 길고 괴로운 시간을 약간 흥미롭게 만들어줄 것이다.

서른둘, 한두 잔 이상은 마시지 마라. 술은 당신 몸에서 수분을 빼앗아가고 수면 패턴도 헝클어놓을 것이다. 화장실에 들락거리느라 다른 승객을 성가시게 만들기도 한다. 높은 고도에서는 빨리 취하고 주량이 지상의 3분의 1로 줄어든다는 점도 명심해야 한다.

서른셋, 카페인도 멀리하라. 기내에서 당신의 몸에는 수분이 필요한데 커피나 차는 오히려 수분을 축낸다. 공항 검색대를 통과한 뒤에 생수를 1리터 산 다음에 기내에서 줄창 마시는 것도 방법이다.

서른넷, 이야기할 화제 한두 가지를 준비해라. 우리는 대체로 옆 승객이 수다스러운 사람이면 어쩌나 걱정한다. 하지만 정반대로 옆에 앉은 이웃이 매력적인 사람일 수도 있다. 그럴 때 말을 걸려면 흥미로운 화제가 필요하다. 알랭 드 보통의 소설《왜 나는 너를 사랑하는가》에서 파리~런던 항공편 15A석에 앉은 주인공 '나'는 옆자리 15B석의 여인 클로이와 사랑에 빠진다. 당신은 파리~런던 같은 단거리가 아니라 장거리 비행을 하는 중이다. 그런 낭만적인 일이 일어나지 말라는 법은 없다.

서른다섯, 피부에 맞는 세안제, 수분제품, 여드름을 진정시키는 스팟을 준비할 필요가 있다. 비행기는 차가운 외부 공기를 압축 가열하여 기내에 공급하는 방식으로 10~20퍼센트의 습도를 유지한다. 난방을 하는 겨울철 실내만큼 건조하다. 따라서 항공 여행 중에는 갈라지고 들고 일어나는 피부, 뾰루지 같은 트러블에 대비해야 한다.

서른여섯, 피로 회복과 혈액 순환을 돕는 비타민C를 충분히 자주 섭취한다. 단, 당분이 높은 음식은 체내 흡수된 뒤 지방으로 전환되어 피를 끈끈하게 만들고 혈액순환을 방해하므로, 비타민을 공급할 목적으로 당분이 높은 주스를 지나치게 마시는 것은 바람직하지 않다. 물을 자주 마시되 비타민 공급은 비타민C 영양제(가능하면 분말 형태로 준비하는 것이 좋다)를 비행 중 반복해서 먹는 게 효과적이라고 한다.

서른일곱, 비행은 목적지 공항에 착륙했다고 해서 끝나는 게 아니다. 시차증후군과 싸우려면 낮에 가능한 한 햇볕을 많이 쬐고 필요하면 짧게 낮잠을 자라. 가벼운 운동도 좋다. 그렇게 하루 이틀 반복하면 정상으로 돌아올 것이다.

끝으로, 장거리 비행을 너무 걱정하지 마라. 우리가 출발한 국제공항의 관제실에는 거대한 디지털 세계 지도가 있다. 비행기의 실시간 위치를 계속 보여준다. 목적지 공항 활주로에 안전하게 착륙해 엔진이 꺼질 때까지 관심과 걱정을 거두지 않는다. 그리고 우리는 바퀴 달린 여행가방을 끌고 떠난 곳으로 돌아올 것이다. 무사히 집으로.